EXPERIMENTO:
#1 • *CHICO SANTANA E O CASO MAL-RESOLVIDO*

Guilherme A. Cardoso

EXPERIMENTO:
#1 • *CHICO SANTANA E O CASO MAL-RESOLVIDO*

TALENTOS DA LITERATURA BRASILEIRA

novo século®

São Paulo 2014

Copyright © 2014 by Guilherme A. Cardoso

COORDENAÇÃO EDITORIAL	Silvia Segóvia
CAPA	Monalisa Morato
PREPARAÇÃO	Adriana Bernardino Sharada
PROJETO GRÁFICO E DIAGRAMAÇÃO	Abreu's System
REVISÃO	Andrea Bassoto

TEXTO DE ACORDO COM AS NORMAS DO NOVO ACORDO ORTOGRÁFICO DA LÍNGUA PORTUGUESA (DECRETO LEGISLATIVO Nº 54, DE 1995)

DADOS INTERNACIONAIS DE CATALOGAÇÃO NA PUBLICAÇÃO (CIP)
(Câmara Brasileira do Livro, SP, Brasil)

Cardoso, Guilherme A.
　　Experimento : #1 : Chico Santana e o caso mal-resolvido / Guilherme A. Cardoso. – Barueri, SP: Novo Século Editora, 2014.

1. Ficção brasileira I. Título.

14-03648　　　　　　　　　　　　　　　　　　　　CDD-869.93

Índices para catálogo sistemático:
1. Ficção : Literatura brasileira 869.93

2014
IMPRESSO NO BRASIL
PRINTED IN BRAZIL
DIREITOS CEDIDOS PARA ESTA EDIÇÃO À
NOVO SÉCULO EDITORA LTDA.
CEA – Centro Empresarial Araguaia II
Alameda Araguaia, 2190 – 11º andar
Bloco A – Conjunto 1111
CEP 06455-000 – Alphaville Industrial – SP
Tel. (11) 3699-7107 – Fax (11) 3699-7323
www.novoseculo.com.br
atendimento@novoseculo.com.br

Ao Gilly, por ter dito que eu podia escrever em primeiro lugar.

Ao Kleberth, por me aturar ao longo dos anos.

Ao Luiz e ao Rafael, pelo seu aniversário triplo.

Ao International Grasshoper, por sua paciência e entusiasmo.

À Lucymara, por me ajudar em momentos críticos.

À Angélica e à Higina, por serem inspiradoras.

À Cláudia, pois quem sabe assim ela me perdoa por ter ficado tanto tempo sem falar com ela.

Aos meus pais, porque se eu escrevo é porque eu existo, e se eu existo é por causa deles.

E, finalmente, para todas as outras pessoas que eu gostaria de também ter mencionado, mas que não o fiz para que não ficasse tão longo. Haverá outros.

Nota do autor

Perdi meus óculos antes de terminar os últimos dois capítulos deste livro, no entanto, não da maneira convencional, na qual a pessoa ainda retém a chance de reavê-lo mediante a premissa de que "quem guarda, tem". Não. Minha muleta visual fora ironicamente subtraída de minha posse pelo vento originado de um carro andando a 80 quilômetros por hora, de Cícero Dantas a Aracaju, enquanto este pobre e, naquele tempo, pigarrento pseudoescritor, utilizava-se da janela do carro para escarrar os demônios de sua garganta irresponsavelmente, sem considerar a possibilidade de atingir o para-brisa de qualquer veículo que estivesse vindo atrás. E o vento levou; muito possivelmente também um caminhão amassou. Mas não que isto tenha qualquer relação com o resto do livro. Na realidade, teimar em ler o que aqui está escrito é pura perda de tempo. Eu só queria mesmo era ter algo para escrever antes de o livro começar, embora eu ache que, muito provavelmente, outra pessoa deveria tê-lo escrito. Enfim, não importa.

Boa leitura!

Sumário

PRÓLOGO   11
   Nova Brasília   11
   Paranormais   14

CAPÍTULO #1   O aluno transferido   19
CAPÍTULO #2   A improvável prima   31
CAPÍTULO #3   A primeira aula   45
CAPÍTULO #4   Multipropósito?   65
CAPÍTULO #5   Flores   79
CAPÍTULO #6   Um encontro inesperado   109
CAPÍTULO #7   O rolê   131
CAPÍTULO #8   Acessando a *deep web*   157
CAPÍTULO #9   Prelúdio para um desastre   171
CAPÍTULO #10   O que aconteceu aqui?   183
CAPÍTULO #11   A missão sem nome   199

Epílogo   221

Prólogo

Nova Brasília

Em 30 de julho de 1996 foi criada a Região Metropolitana da Baixada Santista. Nove cidades compreendiam a extensão dessa região. Eram elas: São Vicente, Santos, Bertioga, Mongaguá, Peruíbe, Itanhaém, Guarujá, Cubatão e Praia Grande. O principal meio de subsistência destas cidades era o turismo. Elas basicamente sobreviviam por serem cidades praieiras, que atraíam um forte fluxo de pessoas anualmente. Não possuíam qualquer outra qualidade notável. Todavia...

Dezoito anos depois, em 2014, algo completamente inesperado aconteceu. Eleito por voto popular, de maneira honesta como nunca havia se visto antes no país do futebol, Carlos Pereira dos Santos ascendeu à presidência do Brasil pelo recém-criado: **PORRABR**! (**P**essoas **O**primidas **R**ealmente **R**evoltad**A**s com o **BR**asil!). Ele era a esperança do povo, um representante de verdade, pois desde o ano anterior, incontáveis revoltas populares de pessoas que não aguentavam mais toda a corja política de sanguessugas que infestava o país haviam insuflado. Quase todos haviam saído às ruas para protestar. O país parara e depois de quase um ano, e da genial ideia de fundar esse novo partido, que verdadeiramente representaria o povo, a vitória havia, enfim, sido alcançada (apesar de a Copa do Mundo que seria sediada no país naquele ano ter sido boicotada), quase como uma utopia comunista de alçar o poder após uma revolução. Porém, neste caso, defendia-se a democracia.

Durante a presidência, Carlos Pereira dos Santos fez o que nenhum outro presidente até então havia feito de maneira plena: ele governou o país. Tomou medidas rígidas e eficazes para acabar com a roubalheira dos políticos, mesmo que para aplicar essas medidas ele tenha executado uma manobra política de teor bastante duvidoso e impopular, que foi a de conceder a si mesmo poderes de um ditador. Este ditador, no entanto, pela primeira vez na história, conseguiu o apoio irrestrito de seu povo. Expurgou permanentemente de seus cargos todos os envolvidos em escândalos de corrupção, impedindo-os de voltarem a se eleger. E como um verdadeiro visionário, percebendo que o país arrecadava com os impostos dinheiro mais do que suficiente para resolver todos os problemas que assolavam a nação, ele assim o fez.

Em menos de um ano de governança, o país havia sido orgulhosa e oficialmente classificado como país de primeiro mundo, adquirindo importância par-a-par com outras nações, como Estados Unidos, Alemanha e Japão. Ainda parte do G8, mas agora não mais única e exclusivamente pelo PIB. O Brasil oferecia qualidade de vida e tinha o IDH em torno de 0,930. Para se ter uma noção melhor do que isto representava, ele só perdia para os Estados Unidos, para a Austrália e para a Noruega. Sim, o país ia de vento em poupa.

Foi então que, em 19 de novembro de 2015, Carlos Pereira dos Santos, aclamado como o melhor presidente que o país já tivera, após ter resolvido praticamente todos os problemas endêmicos da nação, resolveu pôr em prática um plano secreto criado pela inteligência brasileira. O que muitos dentro do governo, viam como utopia, foi posto em prática naquele mês.

Após cuidadoso exame, decidiu-se que a Região Metropolitana da Baixada Santista seria o melhor local para fazer isso e, assim, nasceu Nova Brasília, cidade resultante da unificação de todas as outras que compreendiam a região. Brasília, entretanto, ainda existia em Goiás e continuava sendo a capital do país, mas Nova Brasília era especial.

O objetivo da criação dessa nova cidade foi o ambicioso projeto que visava alavancar de maneira exorbitante a pesquisa científica no país. Como? Com incentivos astronômicos e incontáveis quantias de dinheiro sendo injetadas na nova cidade; tudo com o intuito de fazer com que ela se tornasse a referência mundial número um em tecnologia e ciência, sanando completamente o deficit do país em relação a inovações tecnológicas e científicas. Sempre fora consenso geral de que o povo brasileiro era extremamente criativo e inteligente, então, havia chegado a hora de investir neste aspecto em particular.

Incontáveis universidades foram criadas; praticamente todos os mais importantes cientistas e pesquisadores do país foram morar lá; pessoas sem dinheiro, que resolveram se tornar cobaias (de experimentos que sempre respeitavam os direitos humanos que, por algum motivo, não exerciam uma pressão muito forte), também apareceram aos montes. A população, em pouco tempo, compreendia quase 65% de estudantes, cientistas e pesquisadores.

Era um sonho. O país caminhava a passos largos para se tornar referência mundial em tecnologia. Logo, Nova Brasília ganhou o status de segunda capital do país. E para fechar tudo isto com chave de ouro, Carlos Pereira restaurou a democracia no país após o término oficial de seu mandato. No seu discurso final, disse que o Brasil podia caminhar com suas próprias pernas e não precisaria mais de um ditador às avessas.

Paranormais

Em fevereiro de 2019, após três anos de exaustivas pesquisas e testes em laboratórios, os cientistas de Nova Brasília, da Universidade de São Paulo (USP) – no final das contas, a cidade havia se tornado a número 1 do mundo –, descobriram que cada lobo cerebral responsável por uma função específica do corpo, como o pensar consciente, a mudança de humor, alguns dos cinco sentidos, habilidade motora, memória etc., possuía em sua composição sinapses (estruturas que conectam dois neurônios) especiais criadas durante a infância, que serviam para limitar a capacidade de suas funcionalidades.

Obviamente, alguns outros cientistas disseram que isso era uma besteira, um disparate sem sentido, que tais sinapses não existiam e que se existissem em comum com todos os seres humanos, não poderiam ser detectadas. Entretanto, se a teoria se provasse correta, o ser humano seria capaz de alcançar um novo nível e, se assim o fizesse, as possibilidades seriam infinitas. A mente dos cientistas alçou voo, e muitos concordavam que esse seria o método para conseguir criar super-humanos. Tudo o que os cientistas supuseram que precisavam fazer era eliminar as conexões entre os neurônios.

A princípio tudo parecia ser muito simples; porém, logo nos primeiros experimentos eles descobriram que destruindo as sinapses, ao invés de darem um passo adiante para a criação de superpessoas, acontecia o inverso, e tudo o que determinado lobo cerebral controlava no corpo, sofria uma queda de eficiência de 50% a quase 90%. O resultado disso eram pessoas que instantaneamente desenvolviam quadros agudíssimos de miopia, astigmatismo, hipermetropia, que perdiam grande capacidade de distinguir ou sequer detectar cheiros, que começavam a ser afetadas com perda constante de memória de curto e longo prazos, que não eram mais capazes de manter o equilíbrio do corpo ou sequer segurar objetos sem tremer, que perdiam boa parte de sua capacidade auditiva, que sofriam de mudanças bruscas e frequentes de humor, entre outros reveses. Em outras palavras, destruí-las não era a solução. A partir desta conclusão, diversas equipes de pesquisadores espalhadas por toda a Nova Brasília começaram a correr atrás de alguma maneira para remediar o problema.

Alguns meses depois, por volta de outubro, outra equipe de pesquisadores, dentro da própria USP, revelou que não só havia solucionado o problema, como feito algo mais: eles haviam criado, intencionalmente e de maneira secreta, o que ficou para os livros de história como o primeiro "paranormal" oficialmente reconhecido pela ciência e os governos do mundo. O nome desse "paranormal" era Vanessa e ela era uma órfã.

O poder que eles haviam "despertado" (este era o termo que os pesquisadores agora estavam utilizando) em Vanessa era conseguir ser capaz de esquentar seu corpo a temperaturas elevadíssimas e, mediante a isto, produzir e emanar fogo por qualquer parte dele. Uma piromaníaca. No entanto, de acordo com testes e previsões feitos pela equipe de pesquisadores, Vanessa ainda não era capaz de fazer uso de todo o seu potencial.

Logo, baseado em diversos estudos e pesquisas, criou-se uma escala para classificar o poder de destruição ou a abrangência das habilidades, pois, na teoria, cada pessoa possuiria "adormecida" uma habilidade diferente, baseada no seu mapa genético, e nem sempre essa habilidade seria capaz de infringir danos. Nessa escala usava-se a nomenclatura "classes", que iam de E (a mais fraca) até A (a mais forte). Considerando, também, a existência de teóricas classes S, SS e SSS.

O método utilizado para fazer com que Vanessa, que era classificada como E, conseguisse trazer à tona o seu poder paranormal foi composto de dois fatores: um psicológico e outro químico. Para ser mais específico, Vanessa foi submetida diariamente a uma droga que supostamente seria capaz de detectar, por meio da assinatura química dos neurotransmissores (que aparentavam ser compostos de um novo tipo de aminoácido desconhecido), as sinapses especiais que bloqueavam a capacidade dos lobos cerebrais; sendo que ela, também, de maneira diária, passava por sessões de hipnose e meditação, e nestas sessões ela era posta em um transe no qual tinha que imaginar um lugar calmo e isolado de todo mundo, um lugar em que as leis da física não se aplicassem e ela pudesse fazer exatamente tudo que quisesse.

Este processo se alongou por um período de quatro meses. O resultado foi surpreendente, pois apesar de a droga ter aberto caminho para a evolução cerebral, a simples e pura meditação provou-se extremamente eficaz e preponderante no processo.

Pouco menos de um ano depois, foi conferido o sinal verde, atestando que os pacientes não correriam perigo e que era um processo seguro.

Com o passar dos anos, o método foi se aperfeiçoando e começando a ser aplicado em estágios cada vez mais precoces na vida das pessoas que resolviam se submeter ao experimento. Descobriu-se que por meio de treino e utilização, as pessoas conseguiam melhorar suas habilidades e aos poucos ir utilizando cada vez mais do potencial de seu cérebro.

No entanto, também foi descoberto que algumas pessoas jamais passariam da classe E, o que na realidade era a grande maioria. E, também, aqueles que ultrapassavam a classe E, normalmente estagnavam na classe D e C. Relativamente, muito poucas pessoas haviam alcançado a classe B, e durante pouco mais de 30 anos, apenas 12 pessoas haviam alcançado a classe A no país inteiro.

Em 2052, 33 anos depois do experimento com Vanessa, Nova Brasília agora possuía uma população de 4,2 milhões de pessoas, perdendo apenas para a cidade de São Paulo dentro do Estado e, entre todas essas pessoas, 50% eram classificadas como paranormais.

CAPÍTULO #1

O aluno transferido

O som dos aviões decolando e pousando era enfastiante. O aeroporto, para variar, estava lotado. Pessoas indo para lá e para cá em um empurra-empurra desordenado e irritante. Um empurra-empurra que irritava especialmente Chico, pois não era nem um pouco acostumado a ver tanta gente apressada andando de um lado para outro, conversando entre si, falando nos seus celulares, empurrando malas em carrinhos flutuantes.

Chico, que tinha 1,78 m, a pele morena de tanto tomar sol e olhos castanhos, no auge dos seus 19 anos, esforçava-se além do que achava confortável para sair daquele lugar, o que era difícil sem constantemente esbarrar em alguém sem querer.

O calor também era um problema, por sorte ele vestia roupas frescas: camisa branca sem manga, bermuda azul-escuro e um par de Havaianas pretas. Todavia, sua frustração era tanta que por uma fração de dois segundos considerou a possibilidade de fazer algo, no mínimo desesperado, que ele sabia que seria eficaz, inclusive até para o calor. E o fato é que por pouco ele não fez. Contudo, raciocinando melhor, controlou-se, para o bem de todos.

Quando, finalmente, conseguiu avistar as escadas rolantes, foi logo se enfiando no meio das pessoas que iam em direção a ela. Espremeu-se entre uma moça um pouco acima do peso e um homem barrigudo. Saindo da escada rolante correu direto para o que parecia ser uma saída. Foram alguns metros andando apressado e aqui e acolá se chocando com pessoas que vinham na direção contrária (o que, para seu azar, parecia ser a maioria.) A luz forte que vinha do lado de fora ia se aproximando. Um clarão seguiu-se.

– Aaaaaah! Ar puro! – comemorou Chico esbaforido, apoiando suas mãos nos joelhos após, finalmente, ter conseguido sair daquele inferno de gente. – Finalmente... – e ao levantar a cabeça para olhar para sua frente, emudeceu.

Aquela cidade era realmente bem maior do que ele pensava que seria. Tudo o que ele tinha ouvido falar a respeito de Nova Brasília não conseguia nem descrever um décimo do que ele observava a apenas alguns metros da entrada do aeroporto. Arranha-céus ao longe se erguiam um ao lado do outro, para trás, para os lados, e ele simplesmente não conseguia acreditar que estivesse mesmo ali. Imediatamente, bateu-lhe um arrependimento de ter dormido do começo até o último minuto da viagem. Imaginava como teria sido completamente inacreditável ver a cidade do céu. Embasbacado, ficou alguns segundos encarando toda aquela imponência da engenharia, sem conseguir pensar em nada. Mas Chico não tinha tempo para aquilo. Tinha que decidir qual seria o próximo passo a tomar, pois, afinal de contas, o jovem não estava naquele lugar a passeio e, sim, para morar e estudar. E, diga-se de passagem, na melhor universidade do mundo.

Libertando-se de seu estado de admiração, rapidamente deslizou sua mochila das costas para o peito e começou a procurar algo nos bolsos da frente. Logo pegou na mão um pedaço de papel rasgado com algo escrito por uma horrível letra de forma. *"Procure pelo trólebus azul e amarelo com o símbolo da USP. Provavelmente estará parado no terminal, na saída do andar debaixo".*

Chico olhou em volta e ficou perplexo. Não havia nenhum trólebus azul e amarelo com o símbolo de sua universidade estacionado na rua do aeroporto. Aquilo era estranho. Será que estava atrasado? O garoto olhou em seu relógio de pulso (o tipo de objeto que ele só usava por ter sido presente de seu pai, já que relógios de pulso nem eram mais fabricados) e constatou que havia chegado cinco minutos adiantado, às 12h55; portanto, esse não era o caso.

Pensativo, Chico resolveu cruzar a rua para sentar-se no banquinho da calçada do outro lado. Se a sua carona não havia chegado ainda, então ele só tinha que esperar um pouco, certamente. Os veículos iam lentamente por causa da quantidade de gente, então Chico conseguiu atravessar com facilidade a estreita rua.

Aproximando-se do banco vazio, percebeu que poucos metros à frente havia uma espécie de vão. Tomado pela curiosidade, ignorou o banco, seguiu até o vão e, mais uma vez, foi pego de surpresa. Olhando para baixo notou que realmente havia mais um andar e, pasmo, avistou o bendito trólebus azul. Recuando um pouco, Chico olhou em volta para ver se alguém prestava atenção nele e, ao constatar que não, sem pensar duas vezes, simplesmente pulou pelo vão.

Eram uns cinco metros até o solo, e se uma pessoa normal tivesse pulado daquela altura, provavelmente teria se quebrado toda. Por sorte, Chico não era uma pessoa normal, e o seu pouso no andar de baixo foi tão macio quanto o encostar de uma pena no concreto. Olhou em volta mais uma vez para se certificar de que ninguém havia prestado atenção no que ele havia feito, e então de pronto correu até o trólebus. Era o dia 27 de fevereiro, no pico do verão do ano de 2052.

# # #

Na cidade de onde Chico provinha não havia trólebus iguais àquele, e ele só sabia que este era diferente por ter lido algumas coisas a respeito enquanto pesquisava fascinado a respeito de Nova Brasília, um mês antes de descobrir que sua transferência havia sido aceita.

– Massa! – ele exclamou ao chegar de frente ao veículo. Chico sabia que aquele trólebus funcionava com toda a fiação passando por debaixo da estrada e recarregava-se automaticamente ao passar em lugares específicos que continham um campo magnético. Era moderno e mantinha a cidade livre de poluição visual. Na realidade, talvez o veículo não merecesse um olhar tão extasiado vindo do rapaz, mas aquele era o primeiro contato que ele estava tendo com a imponente cidade que perpetuava os seus sonhos havia pelo menos uns sete anos.

– Rapaz, eu não sei o quanto você é familiar com o conceito de um ônibus, mas o que eu posso lhe dizer é que é dentro dele que você deveria estar, e não aí parado, olhando com cara de besta – disse ironicamente o motorista do veículo, olhando com tédio para Chico.

– Ah... Desculpa, senhor... – respondeu o rapaz meio sem jeito.

E em seguida foi subindo a escadinha da porta automática do ônibus. Cada um dos três degraus pareceu-lhe uma espécie de conquista ao desconhecido.

– Você é de onde rapaz? – perguntou o motorista assim que Chico terminou sua triunfante escalada de significância inteiramente pessoal.

– Ah... eh... eu sou da Bahia, senhor. Da UFB.

– Ah, sim. Então está explicado esse seu jeito acuado. Deixe-me adivinhar... Você é um paranormal transferido, não é?

– S... sim.

– Ok. Então, qual o seu nome? Preciso confirmá-lo na lista.

– É Chico. Chico Santana, senhor.

– Chico... – repetiu o motorista baixinho, passando uma caneta em um papel contendo vários nomes. – Certo, aqui está. Pode ir se acomodar, rapaz.

– Você não vai me pedir nenhum documento que comprove que eu realmente sou o Chico? – indagou o rapaz um tanto curioso.

– Sem necessidade disso – respondeu o motorista tranquilamente. – Os documentos você apresenta quando chegar ao campus. E... bem, se você não puder provar quem você é... é melhor estar preparado, rapaz. Se quer um conselho: mantenha os olhos abertos, pois esta cidade é como aquela lenda do jardim do Éden: um paraíso, mas cometa um errinho e sua vida pode virar um inferno.

Chico engoliu em seco.

O motorista finalizou:

– Gostaria de repensar a respeito de estar no ônibus correto, Sr. Chico? – perguntou o motorista sorrindo maliciosamente.

Chico Santana apenas balançou sua cabeça para os lados indicando negação e resolveu ir logo procurar um lugar para se acomodar. Havia apenas quatro pessoas no ônibus inteiro, todas distantes umas das outras, ignorando-se e ignorando a Chico também. Sem pensar muito, o rapaz resolveu ir se sentar no fundo.

Os minutos foram passando e novos passageiros foram ocupando os lugares. Um deles, uma menina de cabelo marrom encaracolado batendo no ombro, a franja alisada tapando o lado direito do rosto, aparentemente um pouco menor que Chico, sentou-se ao lado dele. Ela não parecia querer conversar. Sem nem olhar para o lado, pôs o fone *wireless* em seu ouvido, deu dois toques em uma espécie de pulseira com um círculo transparente no meio, e um menu *touchscreen* holográfico surgiu. Ela escolheu o artista que queria ouvir e fechou os olhos, recostando sua cabeça no assento.

Dos 72 lugares disponíveis no ônibus apenas algo em torno de 40 havia sido ocupado. O enleado motorista resolveu, enfim, checar sua lista e viu que na realidade estavam todos ali mesmo. Sem perder mais tempo do que já havia perdido, deu a partida.

# # #

Os 40 passageiros haviam tentado sentar-se o mais isolados que pudessem uns dos outros, contudo, como só havia 36 pares de assentos por fileira, a proporção no geral foi de uma pessoa para cada par de assentos, as exceções sendo Chico, que estava ao lado de uma garota, e dois sujeitos no primeiro par de assentos da primeira fileira do ônibus.

De acordo com o motorista, a viagem até a USP iria durar uma hora, levando em consideração o trânsito. Para Chico parecia ótimo, afinal de contas, naquele momento ele se sentia mais do que nunca como um turista.

Deixando o aeroporto, o ônibus foi infiltrando-se no trânsito da avenida. Pela janela, Chico ia olhando, completamente extasiado, a paisagem. Os carros passando rápidos, os prédios, as pessoas. O céu estava claro, o tempo estava realmente bonito. O rapaz sentia boas energias vindas daquela cidade, como se uma enxurrada de acontecimentos bons o aguardassem. Ele realmente acreditava em positividade e boa sorte, por mais que esse tipo de pensamento tivesse enfraquecido bastante ao redor do mundo nos últimos 40 anos, ainda mais em Nova Brasília. Mas e daí? Quem era o mundo para dizer no que ele deveria acreditar? Chico realmente não se importava com a opinião dos outros.

– Você é da onde, garoto? – uma voz feminina repentinamente soou por detrás de Chico.

– Ahn? – respondeu ele, tirando os olhos da janela e virando-se – Ah... você acordou.

– Eu não estava dormindo para começo de conversa – explicou a menina em um tom monótono. – É que eu gosto de ouvir música de olhos fechados, enfim... Responda minha pergunta.

– Ah, só... perdão... Eu sou transferido da UFB de Salvador – respondeu Chico simpaticamente.

– Então, está explicado – respondeu a garota, tornando a fechar os olhos e voltando a ignorar o rapaz.

Chico não soube o que fazer. Aquela conversa havia terminado de maneira muito brusca. Imaginou se todas as pessoas daquela cidade eram antissociais daquele jeito.

– Ei... você também é uma aluna transferida? – disse Chico, tentando retomar o diálogo.

A garota não o ouviu. Chico resolveu cutucá-la. Ela imediatamente retirou o fone *wireless* de seu ouvido e o olhou com uma expressão rabugenta.

– Tá achando que eu te dei essa intimidade toda, rapaz? – disse a garota soando levemente agastada.

Ele precisava de intimidade para cutucá-la?

– Foi mal... – desculpou-se Chico – É que eu achei que a nossa conversa tinha sido meio... estranha.

– Eu realmente não me importo – afirmou a garota, seca.

Inconformado, Chico resolveu insistir.

– Mas, ei... por que você sentou do meu lado? Você também é uma aluna transferida? Qual o seu nome, hein?

A garota pareceu ter ficado injuriada com os questionamentos aos quais ela definitivamente não queria dar respostas. Fechou seu punho, preparando-se para socar aquele rapaz, entretanto, no último segundo, controlou-se e se resignou a soltar um simples suspiro. Em seguida, disse:

– É Rosana. Não, eu só voltei de uma viagem. Sentei do seu lado porque quis. Diga-me o seu nome agora.

– Chico – o rapaz respondeu sorrindo, o sorriso mais simpático que conseguia sorrir.

Rosana arqueou uma sobrancelha demonstrando não estar acostumada a demonstrações de simpatia.

– Veja bem, – ela disse – eu realmente quero voltar a ouvir música em paz, então, se não for pedir muito...

– Ah... Ok. Foi mal. – disse Chico sem jeito, rapidamente desfazendo seu sorriso e voltando sua atenção à janela.

Que garota estranha era aquela? Primeiro inicia a conversa e em seguida a encerra abruptamente, como se fosse o comportamento mais normal do mundo. Mas era melhor não se preocupar com isso. A viagem mal havia se iniciado e ele ainda tinha o que observar pela janela. Poderia se preocupar com garotas mais tarde.

# # #

Depois de mais ou menos meia hora observando como um gatinho recém-nascido pela primeira vez o mundo ao seu redor, Chico lembrou-se de algo importante: sua prima. Sim, pois assim que tivesse resolvido a transferência em sua nova faculdade, ele teria que procurar o local onde sua prima morava. Ele não fazia a menor ideia de onde era; como qualquer outro lugar naquela cidade, por assim dizer. Ele não tinha o endereço da rua. Apenas se lembrava de um ponto de referência. E para piorar ainda mais a situação, ele nunca tinha visto essa prima pessoalmente; na realidade, ele só havia tomado conhecimento dela no mês anterior, por meio de uma ligação telefônica bastante suspeita.

Aparentemente, essa prima era uma espécie de ovelha negra na família, e era tão desprezada que sua existência mantinha-se quase que completamente ignorada. Irônico, entretanto, era o fato de que ela era a única pessoa da família com quem Chico poderia contar nessa nova cidade, então, era melhor que ele se desse bem com ela. E, de fato, isto era o melhor a se fazer mesmo, pois se ele não tivesse contato com essa prima, acabaria tendo que provavelmente se juntar a uma república ou alugar um quarto em algum alojamento estudantil que seria, na mais otimista das possibilidades, caríssimo. E aí ele teria que arranjar um emprego, pois o dinheiro que receberia mensalmente de sua família não iria servir de muita coisa.

Só o que ainda o intrigava era o fato de que essa sua prima desconhecida havia descoberto a respeito de sua vinda para Nova Brasília. Ninguém havia lhe contado nada, ninguém tinha o telefone dela, ninguém sabia dela já há muito tempo, desde que saíra da Bahia, sete anos antes. Como que ela poderia saber sobre Chico e sobre ele estar indo para Nova Brasília? Havia, evidentemente, algo de muito errado nisso.

– Ei, garoto sério – disse repentinamente Rosana, em um tom mal-humorado.

Chico tornou-se para ela como se tivesse acabado de ser despertado de um estado profundo de introspecção, um tanto surpreendido por ela ter resolvido chamar sua atenção mais uma vez.

– Oi...
– Você tem bala? – ela perguntou.
– Não...
– Droga... Eu realmente precisava muito de uma – revelou Rosana, parecendo bastante inquieta.
– Por quê? – quis saber Chico, agora interessado.
– Tô com bafo.

A garota deu uma baforada na própria mão, agindo com total normalidade em relação ao que dissera.

Chico sentiu que aquela era a melhor hora para evitar tecer quaisquer comentários. E virando-se em direção à janela, ele voltou a admirar a cidade enquanto retornava aos seus pensamentos, resolvendo que ignoraria por absoluto aquela garota. Mais da metade do caminho já havia sido percorrido, por sorte.

# # #

– Da hora! – exclamou Chico com os olhos esbugalhados.

O ônibus estava agora entrando no estacionamento do campus da USP, e pela janela o rapaz transferido observava completamente extasiado não só a universidade, mas também aquela parte da cidade. Ele não tinha palavras para descrever o que sentia. Ainda mais porque ele nunca tinha saído de sua cidade natal, Salvador, para nada. Bem, na realidade, o motivo era porque ele não podia mesmo. Alguém como ele, solto no mundo, sem ninguém monitorando-o poderia causar alguns desastres indesejáveis. Isto é o que o governo diria. Mas de qualquer forma, aquele dia tinha sido histórico para Chico, e ele se sentia extremamente satisfeito, pois não só saíra de sua cidade como também viajara de avião pela primeira vez e, ainda por cima, para Nova Brasília, a cidade referência no mundo em algo que lhe dizia muito respeito.

– Chico – disse uma voz feminina, chamando-o pelas costas.

O rapaz se virou assustado, como se tivesse acabado de sair de um transe. Rosana estava de pé.

– Esta é a parte da viagem em que os passageiros saem do trólebus – disse ela em seu habitual tom de monotonia, e sem esperar qualquer reação já foi seguindo em frente pelo corredor do ônibus, junto aos demais passageiros. O veículo havia parado e ele nem percebera.

Mas aquela menina, Rosana... Quem era ela? Por que ela agia de maneira tão peculiar? Talvez ele não devesse se preocupar com isso, quer dizer, era bem provável que ele jamais a visse novamente, afinal de contas, ele não sabia nada sobre ela, além de seu nome. Se bem que ambos estavam descendo ali... No instante seguinte, percebendo que estava perdendo tempo demais refletindo sobre aquilo, agarrou sua mochila e foi seguindo para fora também. Ele foi o último a sair do trólebus.

Deixando o estacionamento para trás, Chico foi caminhando até a entrada principal da faculdade. A instituição que iria começar a frequentar assemelhava-se a um enorme casarão de dois andares, remetendo a construções do século XIX. Parecia ter passado por restauração recentemente e, graças a isso, sua cor branca cintilava forte. Um muro de aço de dois metros de altura rodeava todo o seu perímetro, inclusive a quadra esportiva, que ficava no lado esquerdo do campus.

Parado do lado da entrada, que era uma porta dupla de madeira, havia um segurança com uma espécie de scanner, que ele estava utilizando nos cartões dos estudantes provavelmente para permitir a entrada deles, ou não. Chico, evidentemente, ainda não tinha um cartão de estudante.

Achegando-se no segurança de forma um pouco tímida, disse:

– Ahn... Desculpe-me, senhor, mas eu não tenho um cartão de estudante, ainda...

– Aluno transferido? – deduziu o branquelo homem de colete à prova de balas, calça jeans e cabelo artificialmente *black power*.

– Sim, sou – confirmou Chico, engolindo em seco.

– Então, me mostre o documento de transferência.

Sobressaltando-se, Chico rapidamente removeu a mochila das costas e a pôs no chão. Agachou-se. Na abertura principal, em meio a camisas abarrotadas, uma calça jeans e um caderno, ele retirou um papel amassado, o documento de transferência.

Papel era algo que teoricamente deveria deixar de ser usado em Nova Brasília, por motivos ecológicos. No entanto, a realidade era outra. Documentos oficiais ainda precisavam ter uma forma física, e as pessoas continuavam a usar cadernos para fazerem anotações. O problema era na hora de fazer impressões não oficiais, pois estas haviam se tornado abusivamente caras, desencorajando tal prática.

– Muito bem – disse o segurança, devolvendo o documento.
– Pode ir em frente, Sr. Chico Santana. E bem-vindo à USP.

O aluno transferido respirou fundo e, então, seguiu em frente.

CAPÍTULO #2

A improvável prima

— Certo. Por onde será que eu deveria começar? – murmurou Chico para si mesmo enquanto permanecia parado na calçada da faculdade.

Era por volta das 5 horas da tarde, e após ter terminado os procedimentos burocráticos de transferência e ter passado por alguns testes físicos e psicológicos necessários para o seu curso, Chico finalmente saíra da faculdade.

Suas aulas começariam no dia seguinte, mas agora a prioridade era se achar naquela cidade, e principalmente descobrir aonde ficava a casa de sua famigerada prima.

Lembrou-se de que a informação que havia chegado aos seus ouvidos era a de que sua prima não morava muito longe da USP. E que talvez fosse cinco ou quatro quadras seguindo ao lado de um tal de canal. Um canal? Foi nesse instante que, ao olhar um pouco para o lado, ele viu. De fato, aquilo era um canal. Ele não sabia para que servia um canal, mas sabia que havia água dentro.

Sem perder tempo, olhou para ambos os lados da rua e resolveu atravessar. Na realidade, aquela rua era uma avenida que se encontrava com outra avenida e originava mais duas ruas, o que tornava a travessia um pouco perigosa caso a pessoa estivesse distraída.

Na divisão entre a via de frente com a faculdade e a do outro lado, Chico esperava. Quando um sinal fechava o outro abria, carros então circulavam aos montes, e isto o estava deixando um tanto frustrado. Depois de 5 minutos ali parado, a paciência do rapaz se esgotou. No momento seguinte, alguns transeuntes viram aquele jovem saltar 15 metros de distância, subindo cinco metros, e pousar suavemente na calçada ao lado do canal, produzindo com isto uma fraca dispersão de vento ao seu redor. Chico tinha tentado evitar ao máximo fazer esse tipo de coisa.

– Ahn... err... com licença – disse uma voz não familiar por detrás de Chico assim que ele aterrissou.

– Sim? – disse Chico, virando-se surpreso.

– Por que... você fez isso, jovem? – perguntou o homem bigodudo de terno, com uma expressão de espanto no rosto.

– Ah... é, que parecia que não ia dar para eu atravessar nunca, sei lá... Fiquei sem paciência. – explicou Chico, tentando soar o mais natural possível.

Sim, ele era um paranormal, felizmente o tipo de gente mais normal naquela cidade. Era sabido que pelo menos uma entre duas pessoas possuíam poderes paranormais em Nova Brasília, mais do que motivo o suficiente para fazer Chico querer se mudar para lá.

– Entendi... – disse o homem. Em seguida, perguntou:

– Você... é novo aqui, não é?

Chico balançou a cabeça confirmando.

– Então... só para você saber, meu jovem, é proibido usar os poderes nas ruas assim, viu? Existem muitas vigias eletrônicas espalhadas por aí; se elas o detectarem, você pode ser repreendido, às vezes, severamente. Portanto... tome cuidado.

Depois de explicar isso, o homem deu meia-volta e seguiu o seu caminho, parecendo esquecer completamente o que tinha acabado de presenciar, deixando o rapaz sem saber muito bem o que pensar.

É importante notar que o que homem havia dito podia se aplicar para todo o território brasileiro. Paranormais não podiam usar seus poderes em público sem autorização prévia. O que acontecia é que em Nova Brasília a punição por cometer tal infração era bem mais rígida.

As outras pessoas que estavam nos arredores também já tinham parado de prestar atenção na situação. Percebendo que não valia a pena pensar no assunto naquele momento, Chico foi seguindo adiante na calçada. Ele precisava achar um prédio pequeno, que era onde supostamente sua prima morava. Naquele instante, o jovem paranormal se deu conta de que ele não sabia quantos anos sua prima tinha. Será que ela era da sua idade? Provavelmente não, pois, se tinha fama de ser a ovelha negra da família há anos, então deveria ser mais velha do que ele. Será que ela também era uma paranormal?

Poucos minutos depois avistou três prédios pequenos, um do lado do outro. Um era marrom; o outro, branco e o do meio, vermelho.

– Será que o prédio dela é algum desses? – murmurou para si mesmo. Resolveu então se aproximar do prédio do meio, o vermelho. Era uma construção antiga. O portão de aço mostrava o estacionamento dos carros pelas grades, e também aquelas pilastras de sustentação espalhadas pelo térreo que prédios de três andares costumavam ter. Ao lado da entrada para pessoas, que era uma porta de grade de ferro, havia um interfone com vários números, exatamente como os prédios antigamente costumavam ter. Chico não tinha a menor ideia de qual número apertar, e por isso resolveu chutar qualquer um se se errasse, só teria que perguntar para a pessoa que atendesse qual era o número do apartamento de sua prima. No entanto, assim que apertou o primeiro número de forma aleatória se deu conta de algo que poderia ser um problema. Ele não se lembrava de qual era o nome de sua prima. Sheila? Carla? Miranda? E agora? Como raios ele iria encontrá-la? O sobrenome era tudo que ele podia arriscar. Mas será que as pessoas a conheciam pelo seu sobrenome? Ele não tinha muitas opções naquele momento.

– Alô? – disse uma voz feminina saindo do interfone.

– Ah... oi... – gaguejou Chico.

– Quem é?

–Ahn, bem... o sobrenome da senhora é Santana? Conhece alguém com esse sobrenome no prédio? Hein?

– Não. – respondeu a mulher rudemente desligando o interfone.

Agora sim Chico começara a se sentir demasiadamente receoso. Será que ele deveria continuar apertando botões até encontrar alguma mulher com o sobrenome Santana? E se ele encontrasse e, por um acaso, acabasse não sendo sua prima? Bem, o sobrenome Santana não era tão comum, ele esperava. Nesse instante observou uma sonda vigilante rondando a garagem do prédio. A sonda parecia um disco de *frisbee*, só que mais grosso, e na parte superior era equipada com uma pequena câmera. Ela provavelmente devia ser programada para se aproximar sempre que visse alguém parado no portão. Sua primeira ação seria tentar identificar se aquela pessoa era um morador do prédio e, caso não fosse, tomaria alguma medida de segurança contra vandalismo ou outra atitude suspeita, como alguém que ficasse apertando os botões do interfone aleatoriamente. A situação na qual Chico se via imitava a de um sujeito que erra sua senha várias vezes e o site bloqueia seu acesso por achar que ele não é o verdadeiro dono da conta. Nesse caso, a sonda concluiria que a pessoa nem morava no prédio e nem estava indo visitar alguém que conhecesse.

Apesar de tudo, Chico decidiu tentar mais uma vez.

– Sim? – disse uma voz masculina pelo interfone.

– Ahn... Você, por um acaso, não conheceria ninguém com o sobrenome Santana que more neste prédio? – perguntou Chico.

– Não... Não conheço, sinto muito. – disse o homem, desligando em seguida.

Pelo menos, esse havia sido mais educado, pensou Chico. No entanto, o garoto observou que a sonda vigilante não desviava sua visão dele, e isto começou a deixá-lo apreensivo. Engoliu em seco. Segundos depois, escolheu outro número aleatório do painel e tentou novamente. O resultado foi o mesmo, e a sonda pareceu se aproximar alguns centímetros.

Não considerando desistência como uma opção, ele tentou um número diferente. O resultado foi o mesmo: a pessoa não conhecia ninguém no prédio com o sobrenome Santana. Era mais fácil concluir que ele havia tentado o prédio errado. No entanto, antes que tivesse tempo para recuar e ir embora, ele ouviu uma voz metálica-digital soar. Era a sonda vigilante.

– Ato de delinquência detectado – informou a máquina. – Acionar medidas evasivas – a parte frontal da sonda abriu-se e um pequeno cano cilíndrico, um dardo paralisante, veio à tona.

Meio segundo depois, o som silenciado de um disparo pôde ser escutado. O alvo, obviamente, havia sido o rapaz que estava apertando botões a esmo no painel.

A conclusão mais lógica deveria ser a desse mesmo rapaz cair estirado na calçada meio segundo depois de ser atingido, tamanho o poder do dardo paralisante. Porém, não foi assim que se sucedeu. O dardo paralisante, que era munição única da sonda, encontrava-se, naquele momento, seguindo uma trajetória para os céus, percorrendo uma velocidade maior do que a que havia sido disparado. Mas o que havia acontecido?

– Quem diria, hein? Então, o seu poder paranormal é manipular as correntes do vento, não é? – disse uma voz feminina vinda do lado direito de Chico.

Ele olhou assustado para o lado e arregalou seus olhos.

– Você se distrai muito fácil. Tem sorte que essa sonda aí só é munida de um único disparo, primo.

Ela havia dito "primo"?

– Vo... você... que é minha prima? – gaguejou o rapaz, não conseguindo acreditar que aquela pessoa pudesse mesmo ser da sua família.

– Sim... Sou eu mesma – ela confirmou, começando a se aproximar do rapaz. – A velocidade da corrente de ar que você criou para nocautear o dardo foi impressionante. Será que alcançou um F1 ou um F2? O incrível é que você conseguiu produzi-la tão de improviso. Olha... cê realmente tem talento,.

Chico estava emudecido. A mulher que acabara de parar ali na sua frente, tocando em seu ombro e sorrindo de maneira tão satisfatória, não podia, de forma alguma, ter o mesmo sangue que ele era muito improvável. E o motivo disso se devia ao fato de que a pele branca, o corpo esguio e bem malhado, os longos cabelos loiros e os olhos azuis que ela possuía eram de uma configuração genética-corporal muito rara de ocorrer na região nordeste do país, ainda mais em sua família, cuja composição majoritária era de pessoas que se encaixavam perfeitamente no padrão nordestino. Se ela ainda fosse uma americana ou uma europeia...

– Oh... Já sei o que está pensando – ela disse de repente, ao observar Chico completamente sem ação. – E não se preocupe, eu não tenho uma segunda cama, mas o sofá é bastante confortável.

Aquela, definitivamente, não era a preocupação de Chico.

– Venha, vamos entrar logo – ela disse, pegando sua chave do bolso traseiro da calça jeans e abrindo a porta. A camisa verde-oliva combinando com a sandália também verde-oliva que ela usava ainda não havia sido notada por Chico, que permanecia aparvalhado.

Tentando disfarçar o seu olhar indiscreto, o rapaz rapidamente tornou sua visão para o rosto de sua prima, dizendo, um pouco acuado:

– Ahn... Me desculpa... Mas qual o seu nome mesmo, prima?

– Oh, você não se lembra? – ela disse, parecendo surpresa.

– Não...

– Bem, faz muitos anos que não nos vemos mesmo... Enfim, é Elis. Elis Santana – e terminou com uma piscadela para ele.

Enquanto os dois entravam no prédio, a sonda vigilante parecia estar enfrentando uma crise existencial. Ela simplesmente não possuía mais nenhuma ação defensiva que pudesse efetuar, permanecendo imóvel. Possivelmente, continuaria daquele jeito até que alguém fosse dar um jeito nela.

# # #

No segundo andar do prédio, Chico e Elis haviam acabado de entrar no apartamento da moça. Era uma locação realmente modesta. Não havia mais móveis do que o necessário, e a prima do rapaz não parecia ser muito chegada a decorações excessivas, ainda mais pelo fato de que havia poucos metros de área útil no lugar.

– Aconchegante... – comentou Chico, olhando ao redor.

– Gostou mesmo? Não acha que essas paredes vermelhas são a minha cara? – ela disse, ficando de frente à entrada da cozinha.

– Sim – concordou o rapaz, dando uma risadinha. – Então, é aqui que eu vou dormir, nesse sofá?

Ela se virou e respondeu:

– Sim, se não for um problema para você – em seguida, completou: – Espere só um pouco, Chico – e entrou na porta à sua direita, que era aonde, presumivelmente, ficava o seu quarto.

Começando a se sentir em casa, o rapaz transferido sentou-se no sofá bege e começou a observar a sala. Do lado do sofá, ele viu um criado-mudo com um vaso florido bem simples. Na parede, a sua direita, havia uma janela entreaberta, cuja visão limitava-se para o prédio detrás, intermediado por um terreno baldio. Diante de Chico, havia no chão um aparelho que produzia as projeções holográficas da televisão digital. Era um modelo um pouco antigo, deselegante e pesado. Modelos atuais só precisavam de uma placa de metal, que era mais fina do que uma régua, e que ainda por cima vinham com a possibilidade de simular, a mesma cor do piso. Sem contar que pesavam apenas alguns gramas.

– Pronto, primo – disse Elis saindo de seu quarto – Agora nós podemos continuar.

Hipnotizado, Chico olhava sua prima caminhar até a janela e apoiar seus antebraços no parapeito. Ela tinha trocado de roupa. Agora usava uma blusa rosa e uma calça jeans verde colorida, cortada na metade do joelho, como se fosse uma bermuda masculina brega. O rapaz não conseguia ver de onde estava sentado, mas sua prima ostentava um olhar pensativo no rosto, como se estivesse tendo problemas para decidir o que iria falar. Chico resolveu tomar a iniciativa.

– Prima... Tinha algumas coisas que eu gostaria de te perguntar, se você não se importar... – e antes que ele conseguisse terminar, sua prima o interrompeu.

– Antes que você pergunte, – sua voz agora não parecia mais animada e recheada de despreocupação, como antes – é necessário que eu te alerte a respeito de algo.

Chico ficou em silêncio enquanto ouvia.

– É difícil, para mim, dizer isso, mas... não acredite em tudo que eu te disser – revelou Elis, inusitadamente. – Dependendo do que você me perguntar, eu serei obrigada a lhe contar uma mentira descarada. E, acredite, eu mentirei de um jeito que você não vai ser capaz de perceber ou sequer desconfiar. Nem perca seu tempo prestando atenção em detalhes da minha fala, pois eu não vou ser incoerente em nenhum momento com o que eu disser. Espero que você se lembre disso – e soltou um suspiro – ou talvez fosse melhor esquecer, se for possível. Sei lá...

– Prima... – Chico murmurou, olhando espantado para Elis.

Tendo dito o que lhe parecia ter sido conveniente e necessário dizer, Elis mudou sua posição na janela, virando seu corpo para dentro do apartamento, ainda mantendo o apoio com os antebraços no parapeito. Começou a olhar para Chico, sorrindo candidamente, como se não tivesse dito nada de incomum ou estranho. Depois, completou:

– Então, priminho, o que você tinha mesmo para me perguntar?

Chico ficara totalmente desconcertado. O que ela quis dizer com aquilo? Mentir para ele? Como assim? A única coisa que impediu Chico de tomar uma atitude drástica naquele momento foi o seu raciocínio rápido, que o alertou de que se ele não fingisse concordar com aquela condição e resolvesse tentar entender o que ela havia querido dizer com aquilo, existiria a possibilidade de eles iniciarem uma calorosa discussão, que poderia muito bem terminar com ele sendo despejado do único lugar que tinha certeza de que poderia ficar naquela cidade. Por mais surreal que fosse aparentar não se importar com uma declaração tão excêntrica e dúbia quanto aquela.

– Bem... – disse ele um pouco tenso, engolindo em seco. Na sequência, disparou tudo que lhe veio à mente:

– Como você sabia que era eu? Você já tinha me visto antes? Porque, pelo que eu fiquei sabendo, você é uma espécie de ovelha negra na família e ninguém mais tinha contato com você já fazia tempo... Quer dizer, eu, honestamente, nunca tinha ouvido falar de você. Mas... mesmo assim você entrou em contato com a gente lá. Como isso? Como você poderia saber que eu iria ser transferido para esta cidade se ninguém, pelo que eu sei, havia lhe dito nada? E bem, ainda tem a sua aparência, que realmente me faz questionar se você tem de fato o mesmo sangue que eu...

– Caramba, priminho! – exclamou Elis de maneira brincalhona. – Nunca pensei que você pudesse ser tão curioso! – um suspeitoso sorriso de inocência enfeitava sua boca enquanto ela falava.

– Veja, eu sabia que era você porque eu reconheço os traços corporais de nossa família, sem contar que você havia feito a sonda vigilante entrar em ação, o que, logicamente, só poderia ter sido explicado por um ato de vandalismo, e como eu não observei nenhum ato de vandalismo visível, era provável que você simplesmente estivesse tentando descobrir qual era o apartamento em que eu morava, apertando números aleatoriamente, o que, por conclusão, é bastante lógico, já que eu me esqueci completamente de informar o endereço do meu apartamento devido à emoção que eu senti ao pensar que veria, depois de tanto tempo, um membro de minha família. Agora, quanto a estar ciente de que você vinha para cá, talvez você não acredite, mas eu descobri isso completamente sem querer quando fui visitar a USP e vi exibindo em um monitor na parede uma lista dos alunos que haviam sido aceitos para transferência este ano. Seu nome estava lá, Chico Santana, não é? Bem, por mais que a minha pessoa tenha virado um assunto tabu na família, eu só saí do nordeste faz sete anos, primo. Eu vi você quando era pequeno, eu te conhecia, apesar de você não lembrar de mim. E depois, ninguém mais faz questão de lembrar... De qualquer forma, sanei suas dúvidas, fofo?

Boquiaberto, Chico olhava para sua prima. Tudo o que ela disse, de certa forma, podia sim ser verdade, pois não titubeara em nenhum momento. Ou também podia ser uma pessoa incrivelmente dissimulada e boa atriz. Contudo, Chico notou que ela se esquecera de explicar o porquê de tamanha discrepância na aparência de ambos, porque a pele dela era clara e a dele morena, sem contar todos os outros detalhes anatômicos. E também havia outra coisa que ele ainda precisava saber.

– Você se esqueceu de falar porque você é tão diferente fisicamente de mim... e... bem. Por que você é a ovelha negra da família, afinal?

Elis soltou um suspirou e a sua feição esmoreceu. Ela começou a olhar para o chão, como se uma lembrança amarga estivesse insurgindo em sua mente.

– A resposta para ambas as perguntas está interligada – disse ela. – O fato d'eu ser considera a ovelha negra na família é porque sou fruto de uma relação extraconjugal com uma... sueca... que veio passar as férias no nordeste e conheceu meu pai quando ele trabalhava de faxineiro em um resort. Bem, a coisa rolou, ela engravidou e não quis ficar comigo, me deixando só para o meu pai cuidar. Acho... – ela virou os olhos para o lado – que isso explica, não?

Aquela explicação parecia um tanto mirabolante demais, porém, não significava que não pudesse acontecer. Será que ela estava mesmo falando a verdade? Chico se sentia inteiramente destituído de reações. Se aquilo que ela dissera fosse verídico, então ela era uma bastarda.

– Eu... realmente não sabia. Quer dizer, sinto muito por isso...

– Deixa disso, primo. – ela o intercalou agora sorrindo docemente – Acho que você não tem mais perguntas, não é?

– Não...

– Nesse caso – ela prosseguiu, desencostando da janela e indo em direção à cozinha – sugiro que você passe o resto da noite descansando, afinal de contas, amanhã começam suas aulas, não é?

A cozinha ficava do lado do quarto dela, e era praticamente um pequeno corredor de dois metros de largura que mal cabia o fogão, a geladeira, o micro-ondas e a pia. Também havia uma janela pivotante quadrangular localizada em cima do fogão.

– Prima... – disse Chico, soando um pouco meditabundo – acho que vou ver um pouco de televisão.

– Fique à vontade, primo – respondeu Elis da cozinha, enquanto o som de algo líquido derramando podia ser ouvido. – A partir de hoje a casa também é sua. Se quiser algo para comer, pode pegar da geladeira e esquentar no micro-ondas.

Do projetor instalado no chão, um holograma exibindo quatro telas ao mesmo tempo e uma barra de volume surgiu flutuando 70 centímetros acima do aparelho. O funcionamento era simples: estendendo o braço, o usuário da televisão podia escolher qual canal assistir, fazendo movimentos como se estivesse controlando uma tela *touch-screen*, que no caso não estava sendo tocada, pois o sensor do aparelho funcionava até uma distância de cinco metros. Para aumentar ou diminuir o volume, o usuário fazia sinal de positivo ou negativo com o polegar, indicando se queria mais alto ou mais baixo. Uma pequena câmera extremamente discreta captava esses movimentos. Esta tecnologia já existia há pelo menos uns 25 anos.

Enquanto ia zapeando pelos canais em uma das quatro telas simultâneas, Chico notou, na tela inferior direita, que um noticiário estava indo ao ar. Seria bom ficar informado. Apontou sua mão para ela, selecionando-a, e fez um gesto de abrir de mãos, para que a tela se expandisse e ocupasse o holograma inteiro. A repórter na tela dizia:

– "...e com mais esse caso, agora somam-se 15 paranormais desaparecidos nos últimos dois meses. Mudando de assunto. As más notícias não param. Nesta tarde, em uma loja no centro do distrito comercial de Nova Brasília, um revoltoso incidente deixou quatro pessoas feridas. De acordo com testemunhas, um jovem de aparência comum e sem muita expressão facial, ao entrar em uma loja e aparentemente não conseguir achar o que procurava, começou a dizer coisas incompreensíveis e causar uma confusão, destruindo estantes e atacando quem estava dentro. Dois paranormais que passavam pelo local, ao verem o que ocorria, foram tentar deter o sujeito, que acabou fugindo no final. A polícia diz que o meliante certamente deve ter ligações com o P.C.P. ou COMANDO. Eles não dão certeza. E os paranormais que ajudaram as pessoas não puderam ser localizados por também terem deixado o local da cena após afugentarem o sujeito".

– Essa cidade é perigosa, primo. – disse Elis saindo da cozinha, segurando um copo na mão que parecia conter café – Por sorte, você é um dos poucos privilegiados que não precisam se preocupar com a própria segurança, afinal de contas, não é todo mundo que pode mexer com um paranormal classe A, não é?

Chico virou-se para sua prima em total espanto. Ela sabia até disso? Aliás, como ela podia saber? O que mais ela sabia?

– Ah! Só um último aviso – disse Elis antes de voltar para seu quarto. – Na sala e na cozinha você é livre para ir e vir, fazer o que quiser, mas no meu quarto você não deve mexer em nada, ok? Esta é nossa única regra de convivência, priminho.

O rapaz transferido estupeficou-se.

Aquela regra era, apesar de tudo, uma regra bem simples de se seguir, porém, da maneira como foi imposta soou bastante suspeita, quase como se Elis não quisesse que Chico descobrisse alguma coisa dentro de seu quarto. Fato que só corroborava ainda mais para incrementar a desconfiança que o rapaz transferido havia começado a nutrir por sua prima.

CAPÍTULO #3

A primeira aula

Acordando cedo no dia seguinte, Chico foi tomar seu banho no banheiro do quarto de sua prima. Bebeu um copo de café preto, engoliu uma torrada pura e já foi saindo de casa, às 6h50 da manhã. Sua prima sairia um pouco mais tarde, pois ela trabalhava como gerente em um supermercado local e só entrava às 9h. Ao menos foi o que ela havia lhe dito, e ele não perderia o primeiro dia de aula para se certificar a respeito desta informação ser verdadeira ou não.

Chegando ao térreo, Chico observou a sonda vigilante, ainda estática, planando no mesmíssimo lugar. "Será que algum dia alguém iria consertá-la mesmo?", pensou Chico ao passar completamente indiferente ao lado da máquina e assim sair do prédio assoviando tranquilamente, sem perceber o dardo paralisante na calçada e chutá-lo sem querer para dentro de um bueiro.

A claridade da manhã emitida pelo sol ainda tímido no horizonte era o momento que Chico mais apreciava no dia.

Naquela rua havia poucas contáveis pessoas e quase todas eram estudantes caminhando em direção à USP. A tão sonhada universidade na qual Chico por muito tempo ansiara poder ser admitido. Ele havia conseguido, e agora estava a cada passo mais próximo de começar sua vida acadêmica estudando o que ele sempre quisera durante muito tempo, em um curso que só existia nas universidades de Nova Brasília. Chico, por si só, já era um prodígio na área. Talvez não soubesse tanto a respeito da teoria, mas, afinal de contas, foi por isso que ele quis se transferir: para ir estudar e se especializar no curso de bacharelado em Paranormalidade. Seu sonho no futuro, era tornar-se um pesquisador da área, ou, então, poder usar seus poderes para proteger e ajudar as pessoas, fazendo parte de alguma força tarefa específica.

Quando estava na UFB, Chico cursava Direito, por simples e puro incentivo de seu pai. No entanto, ele não entendia nada e constantemente tirava notas baixas. Sendo que o único esforço que ele fazia era direcionado para as aulas extracurriculares de desenvolvimento paranormal, oferecidas gratuitamente na universidade. E sempre havia sido assim, pois desde pequeno, quando fora fortuitamente selecionado entre uma quantidade enorme de candidatos por um programa especial que a UFB estava oferecendo para a aplicação do método de desenvolvimento de poderes paranormais, Chico sempre demonstrara aptidão, o que nunca foi muito bem visto na família.

Nas escolas que havia frequentado durante os ensinos fundamental e médio, sempre fizera questão de participar das aulas oferecidas para pessoas interessadas em desenvolver seu cérebro de acordo com o método padrão sugerido, registrado e distribuído pela cartilha do Conselho Paranormal Brasileiro, ministrado por professores registrados na associação de Paranormalidade Nacional, que não necessariamente precisavam ser paranormais.

Esse método havia sido cunhado em 2021 e começado a ser ministrado ao redor das escolas do país a partir do ano seguinte. No entanto, o único lugar que realmente investia na área era Nova Brasília. O resto do país recebia um incentivo pífio e era proibido de criar instalações de pesquisa próprias. Outro motivo pelo qual não eram feitos novos investimentos fora de Nova

Brasília era o fato de que o governo queria concentrar a maior parte dos paranormais em um único lugar, para que ficassem sempre sob o controle da situação. O que explica porque fora de Nova Brasília paranormais dificilmente passavam da Classe D.

O caminho até a sua faculdade era bastante curto. Talvez Chico levasse uns 10 minutos a pé, o quão conveniente era morar com sua prima! Ele realmente não iria querer jamais se mudar de lá. Ficava imaginando como deveria ser estressante e entediante ter que pegar um trólebus no extremo da zona oeste da cidade para ir até ali. Nova Brasília era realmente gigantesca.

Dali a pouco começou identificar o edifício de sua faculdade.

Na entrada, o fluxo de estudantes era grande, e eles vinham de todos os lados e formas. Havia alguns carros estacionados na frente; outros esperando para estacionarem. Parado no sinal, um trólebus podia ser visto carregado de estudantes. Tudo parecia estar normal. Ao lado da entrada, o segurança caucasiano de *black power* ia verificando cada cartão de estudante com o seu scanner. Esse processo não era muito eficaz, já que acabava criando um tumulto na entrada e atrapalhando a torrente de pessoas. Porém, de acordo com a faculdade, o problema seria solucionado o mais breve possível, ou ao menos foi o que garantiram a Chico quando fora receber seu cartão de estudante e resolver as questões de sua transferência no dia anterior.

Misturando-se ao tumulto de pessoas, Chico acabou involuntariamente se lembrando de sua péssima experiência no aeroporto, mas não importava. Pegou o cartão do seu bolso e lutou por um lugar naquela anarquizada fila. Havia uma falação desconcertante, o típico burburinho existente entre alunos ansiosos pelo primeiro dia de aula. Chico, entretanto, não falava com ninguém, apenas esperava pacientemente sua vez. Quando chegou, exibiu seu cartão para o segurança de *black power* poder "escanear" e, após a autenticidade do documento ser confirmada, o segurança inexplicavelmente pareceu ter sentido uma incontrolável vontade de piscar indiscretamente para o rapaz transferido.

Chico adentrou as dependências da faculdade se sentindo um tanto intrigado, contudo, mal podendo conter a excitação de estar se dirigindo à sua classe, que ficava no segundo andar, número 127.

# # #

No segundo andar do prédio, Chico foi seguindo os números das portas. As paredes, pintadas metade de azul e a outra metade de branco, remetiam-lhe a um ar hospitalar interiorano, mas ele não sabia explicar muito bem a razão. As largas janelas contribuíam para com essa visão, e uma copa de árvore, que podia ser vista perfeitamente de frente à janela no começo do corredor, ao lado da escada, era o retoque final.

Caminhando pelo longo corredor tranquilamente, Chico, enfim, deparou-se com a porta de número 127, à sua direita. Sem hesitar, girou a maçaneta e entrou. Ao dar o primeiro passo para dentro da sala, uma enxurrada de olhares se voltaram para ele. Mais ou menos, umas 30 pessoas preenchiam o descontraído ambiente. Não havia professor na sala, o que significava que por sorte ele não estava atrasado.

Olhando para seus colegas, sentindo uma desconfortável sensação de constrangimento, Chico rapidamente deu outro passo para dentro da sala e fechou a porta. Em seguida, emudecido, seguiu em direção à primeira carteira da primeira fileira encostada na parede da sala, e se sentou. Instantaneamente, todos pararam de prestar atenção nele e se voltaram a seus afazeres, que consistiam, essencialmente, em ouvir música de maneira solitária, mexer no celular ou conversar em grupinhos. Contudo, a maior parte realmente parecia estar sozinha. Será que seriam todos tímidos, assim como Chico? O jovem transferido começou a se recordar de inúmeras pesquisas que apontavam que a humanidade estava cada vez mais se distanciando de contatos físicos e tornando-se antissocial. Mas Chico não era antissocial, ele só era tímido mesmo.

Abaixou a cabeça na carteira e discretamente a virou de lado para observar a classe. Ele ainda continuava feliz e excitado por estar no curso que tanto sonhara estar, porém, naquele momento sentia-se um pouco inseguro. O que poderia fazer? Ele queria que a aula começasse logo, e assim pudesse deixar esse negócio de se enturmar para depois, tão simples.

– Ei, você aí – disse repentinamente uma voz rouca masculina, fazendo Chico se dispersar de seu estado contemplativo.

Erguendo a cabeça assustado e se virando em direção de onde ouvira a voz, Chico disse:

– Eu?

– Sim, você mesmo – confirmou do fundo da classe um jovem musculoso, careca e adepto de um *piercing* no nariz, que vestia uma blusa sem manga preta e uma bermuda cinza.

– Sim?

– Primeiramente, rapaz, qual o seu nome?

– Me chamo Chico... E você?

– O meu não importa – respondeu o musculoso jovem. – Mas digamos que eu não tenha ido com a sua cara, rapaz. O que você pretende fazer a respeito? Hein?

Chico estava detectando certo tom de zombaria na fala daquele sujeito. E ele não pretendia dar mais munição ao indivíduo.

– Er... Nada – o jovem transferido respondeu.

– O quê?! – exclamou o musculoso rapaz, parecendo ter se sentido ultrajado. – Que espécie de paranormal é você, hein? Ou será que você não é um? Vamos! Haja como homem!

– O que você quer que eu faça? – perguntou Chico, desinteressado.

– Apenas responda minha pergunta, seu frouxo.

– Eu já disse que nada – insistiu Chico, voltando a abaixar a cabeça na prancheta.

Nesse momento, enfurecido, o rapaz musculoso deixou o grupinho no fundo da sala e foi caminhando até Chico.

Chegando diante dele, o encrenqueiro falou:

– Vamos resolver isso como homens. Levante-se e venha me enfrentar. – e caminhou até a frente da sala e parou no começo esquerdo da larga lousa digital de oito metros. Desmotivado, Chico levantou sua cabeça da prancheta.

Aparentemente, ele teria que sair de sua carteira e ir até o começo do lado direito da lousa. Quem diria! Um duelo logo no primeiro dia de aula? Ele jamais imaginara que isso aconteceria, ainda mais com ele, que agia sempre tão pacificamente.

O burburinho proveniente do grupinho vindo do fundo da sala começou a ser ouvido, e o que eles comentavam era basicamente coisas como:

"Esse moreninho aí não tem a menor chance".

"Quanto tempo será que ele dura?".

"Espero que esse magrelinho aí não acabe parando na enfermaria!".

O resto da sala, no entanto, permanecia tácito, como se já soubesse os detalhes do que estava prestes a acontecer, como se não se impressionasse pela fanfarronice daquele "cabeça-raspada" musculoso. Chico, de fato, não parecia ver grande coisa naquela figura prepotente e cheia de si. Ao se levantar de sua carteira, soltou um suspiro de consternação.

De frente ao seu adversário, Chico parara cruzando os braços em total desinteresse. Os oito metros que os separavam não parecia ser muito espaço naquela situação, ainda mais que o corpo do valentão era alto e imponente.

– Chico... Não é? – disse o musculoso jovem trincando as mãos e exalando confiança, com um sorriso cheio de dentes. –

Eu gostaria que você ficasse sabendo que eu sou capaz de controlar a potência dos meus golpes modulando completamente a massa do meu corpo. Ou de alguma parte específica do meu corpo. Bem, massa vezes velocidade é igual a uma força, aí... Acho que você deve saber, enfim, por exemplo, quão forte você acha que seria um soco de uma mão que pesasse 100 quilos e percorresse nove metros por segundo? Mais ou menos 32 quilômetros por hora... Consegue imaginar? – ele riu sozinho. – Pois acredite, eu posso fazer meus socos terem a potência do peso de um ônibus, e o melhor: sem perder a velocidade. Sim, pois graças a essa maravilhazinha aqui da ciência, – ele levantou sua blusa e expôs uma espécie de cinto metálico prateado – que faz com que a força da gravidade ao meu redor seja automática e proporcionalmente diminuída sempre que a minha massa é aumentada. Compreende? E aí, o que me diz? Não acha que essa seria a melhor hora para você desistir, seu frango?

Chico franziu as sobrancelhas de maneira desdenhosa. Um soco que podia causar o mesmo impacto de um ônibus a 32 quilômetros por hora? Aquilo até podia parecer demasiado impressionante para alguns, mas, na verdade, o que mais chamou sua atenção foi o fato de aquele robusto rapaz possuir uma engenhoca tão conveniente para seu poder. Como será que ele havia conseguido um? Será que outros paranormais também possuíam aparelhos do tipo?

– É, realmente, vou lá me sentar...

– O quê? Não, espera! – o musculoso jovem o interrompeu.

– O que foi?

– Quem você tá achando que é, hein? – enfureceu-se o musculoso ser. – Ahn? Eu vou te dizer: um paspalho fracote e covarde que está tentando dar uma de bonzão blefando aí, fingindo que não tem medo e não se importa. Mas eu vou te contar uma coisa – apontou seu braço em direção a Chico – esse curso é apenas para os fortes. Nós, paranormais, somos o primor da sociedade, a evolução do homem! Somos nós quem devemos mandar nas pessoas comuns, porque nós temos o poder. Aqui não há espaço para gente como você, magricela e sem muque, que provavelmente não tem poder nenhum, seu otário – e virando-se para o resto da sala, completou: – E que isso sirva de lição para todos os outros *nerdzinhos* daqui: não se metam à besta comigo porque eu não vou pensar duas vezes antes de arremessar vocês por aquela janela. Entenderam?

– Ah, então é para isso que você está aqui? – disse Chico, tornando novamente a atenção daquela prepotente figura para si. – Simplesmente porque você se acha melhor do que os outros por possuir poder. É isso? Sinceramente, eu espero que você realmente tenha tanto poder quanto diz ter.

– Ahn? Do que você está falando, seu frango? Vai querer mesmo brigar? Ahn?

– Pode vir – respondeu Chico, serenamente – com tudo que você tiver.

Não sendo capaz de compreender a atitude convencida de seu diminuto adversário, o brutamonte encrenqueiro, sem mais delongas, partiu para cima de Chico enrubescido de raiva e gritando que nem um louco varrido com seu punho direito fechado, provavelmente imbuído da mais genuína intenção de mandar aquele moreno magrelo direto para a enfermaria, ou quiçá até mesmo matá-lo. Todavia, este não seria o desfecho. Três metros antes de conseguir alcançar seu alvo, mediante a um veloz movimento de braço de Chico, o musculoso arruaceiro foi inesperadamente confrontado por um forte e inexplicável vento, que não só o deteve de imediato como também o arrastou pelo chão da sala tão intensamente que o fez sair voando pela janela, cair no gramado do pátio da universidade e perder imediatamente a consciência. Afinal de contas, era uma altura de dois andares.

Algumas pessoas na sala de aula haviam ficado totalmente extasiadas perante a imagem de Chico com seu braço direito inteiramente estendido e sua mão aberta com os dedos todos juntos; reta igual um ferro de passar roupas. Outras, porém, permaneceram-se indiferentes ao ocorrido, talvez até um pouco entediadas. Um bocejo pôde ser ouvido vindo do meio da sala.

– Co... como você conseguiu fazer isso... com o Anderson? – uma voz trêmula perguntou do fundo da sala.

Chico abaixou o braço, virou-se em direção à voz e viu um rapaz atônito, com uma expressão de pavor no rosto.

– Eu só desloquei o ar ao meu redor e ampliei a velocidade em algumas centenas de vezes. E me perdoe caso, sem querer, eu tenha exagerado um pouco, mas esse cara mereceu – explicou Chico, retornando calmamente para sua carteira.

Rebaixando a cabeça na prancheta mais uma vez, sentia-se decepcionado por descobrir que poderiam existir paranormais que pensavam de maneira cretina e xenófoba.

Cinco minutos de silêncio e tensão depois, um homem alto e pançudo surgiu pela porta andando apressado. Ele parou ao lado da mesa do professor e depositou ali três livros. Não tinha muito que raciocinar: ele era o professor. Sua aparência típica dos que lecionam – composta de um terno desabotoado, uma gravata vermelha torta, cabelo cinza e existente apenas nos lados, barba mal feita e óculos cujo grau parecia ser agudo – não o deixaria mentir. Ele arfava e suava, provavelmente porque havia corrido para chegar à classe.

– Então, vocês é que são a nova classe de paranormais, não é? – ele falou com a sua voz grave, enquanto seu olhar percorria os rostos de cada um daqueles únicos e especiais indivíduos. – Meu nome é Eduardo Amorim e eu serei seu professor de teoria da paranormalidade – ele apoiou o braço na mesa.

Ninguém na classe ousou dizer qualquer coisa, apesar de agora estarem todos prestando atenção.

– Bem, – ele voltou a falar dando uma coçada o nariz – vejo que vocês já fizeram jus a tradição semestral do curso de arremessar alguém pela janela no primeiro dia de aula, não é? É um bom trote, mas sei lá, podiam pensar em algo novo, não é?

O professor riu, olhando para a janela quebrada.

– Brincadeiras à parte, pessoal, a enfermaria já foi acionada e o tal rapaz, parece que Anderson, passa bem; porém, não façam mais isso dentro da sala de aula, ouviram? Teria sido um desastre caso ele não tivesse resistido. Além do mais, se quiserem brigar, esperem pelas aulas práticas, ou, então, façam isso no pátio, ou na quadra... – Ele deu uma pequena pausa como se estivesse ponderando a respeito de algo, depois continuou: – Mesmo que nesses locais também seja proibido, se vocês forem cautelosos, ninguém vai falar nada... Mas eu nunca disse isso, ok?

Chico abriu um sorriso tímido. O professor Eduardo Amorim parecia ser bacana. E, claro, o fato de saber que Anderson passava bem também trouxe um pouco de alívio ao rapaz transferido que, no calor do momento, fora incapaz de raciocinar direito e medir as consequências de sua retaliação, mesmo que de qualquer jeito tivesse feito o máximo para se segurar.

– Bem, eu não sou o tipo de professor que faz dinâmica de grupo para conhecer melhor os meus alunos e aprender seus nomes. Na realidade, pouco me importa. Só o que eu quero mesmo é que vocês aprendam. E, eventualmente, acabarei aprendendo o nome de vocês, pois eu, infelizmente, ainda sou do tipo que faz chamada. Então, espero que vocês não pensem em faltar. Eu repito por faltas.

Tendo dito isso, o professor andou até o meio da classe e começou a dar sua aula, para curiosidade e avidez de alguns interessados em aprender, e o desdém de outros que prefeririam continuar ouvindo música ou conversar. No fim das contas, os alunos do curso de paranormalidade não eram muito diferentes dos alunos de outros cursos.

# # #

– E com isso, pessoal, concluímos a nossa aula de hoje – disse o professor Eduardo Amorim, indo se sentar em sua cadeira, um sorriso de satisfação enfeitando o rosto. – Qualquer dúvida, ficarei aqui na classe até o próximo professor chegar, em 20 minutos.

A hora do intervalo havia iniciado, e, como era de praxe, muitos foram aproveitar aqueles 20 minutos livres em algum outro lugar da faculdade. Chico, no entanto, resolvera ficar e revisar as anotações que havia feito durante a aula, pois, por mais que nunca tivesse sido o tipo estudioso de estudante, pela primeira vez ele experimentava a sensação de sentir interesse por um assunto e querer saber mais sobre. Seus olhos brilhavam revendo aquelas notas. E ele não tinha dúvidas, havia entendido tudo, mas o sentimento de contemplação era magnificente e viciante.

Foi nesse instante que, de um nada, ele teve seu estado de compenetração perturbado por uma entusiástica e simpática voz, que falou:

– Oi. Tudo bom? Meu nome é Fernando. Qual o seu nome?

Chico virou-se em direção à voz e viu sentado na primeira carteira da fileira ao lado um garoto magricelo, assim como ele, contudo, inofensivamente narigudo. Ele usava um boné vermelho, vestia uma camiseta sem manga e uma bermuda verde. Com um olhar de desconfiança enfeitando o rosto, Chico respondeu:

– Sim... tudo bom. Meu nome... é Chico.

– Hum... nome interessante. Você não é daqui de Nova Brasília, né? – deduziu Fernando.

– Não, eu sou transferido da UFB.

– Ahhh... então, tá explicado.

Chico não estava entendendo muito bem toda aquela atitude amigável de Fernando, pois, afinal de contas, ele havia sido responsável por arremessar um colega de classe pela janela. Provavelmente havia deixado uma primeira impressão, no mínimo, ruim perante a classe.

– Sabe, – Fernando voltou a falar – isso é meio vergonhoso de admitir, mas eu tava dormindo desde que eu cheguei na classe e só acordei agora, então, como vi ao longe que você parecia estar revisando o que tinha anotado, imaginei que você talvez não se importasse em me explicar, resumidamente, é claro, o que foi que o professor passou...

Então, esse era o motivo. Fernando, provavelmente, não tinha a menor ideia de que Chico havia tido qualquer coisa a ver com aquela janela estilhaçada do outro lado da classe. Quem diria! Para quem reclamava da dificuldade que seria começar uma amizade, essa havia se tornado uma bela oportunidade, para ambos, aliás.

– Mas por que você não pede para o professor lhe explicar? – sugeriu Chico, apenas por desencargo de consciência.

– Ah... Não quero que o professor ache que eu sou burro por não ter entendido nada, ou coisa assim. – justificou Fernando.

Aquela não era exatamente uma boa razão, já que a existência dos professores é justamente para poder tirar toda e qualquer dúvida que seus alunos possam vir a possuir, mas Chico não precisava de uma boa razão para ajudar um colega de classe. Resolvendo não perder mais tempo, pois ele só tinha menos de 20 minutos antes da próxima aula, que seria a de história da paranormalidade, a aula que ele e muitos outros alunos mais ansiavam para assistir, começou a explicar a matéria para seu novo amigo.

Os minutos passaram rápido, e agora Chico possuía uma amizade. Graças ao fato de que Fernando percebeu que não conseguiria entender o conteúdo da aula assim, tão rápido, os dois resolveram conversar e se conhecer. Chico ficou particularmente entusiasmado em saber que Fernando era um paranormal de classe C, com a habilidade de controlar o fogo. Logo, já foi fantasiando a excelente dupla que eles poderiam formar juntos. Descobriu, também, que Fernando morava em um apartamento de frente à praia e que a melhor maneira de chegar lá seria utilizando o Veículo Leve sobre Trilhos (VLT), que tinha sido reformado e aprimorado no ano anterior. Chico nunca havia andado em um desses. Soava emocionante.

– Mas sabe, – Fernando foi dizendo – meu apartamento não é grande coisa. Acho que você deve saber que alojamentos estudantis nos distritos comerciais só são interessantes por serem baratos mesmo.

– E por que isso seria um problema, cara? – Chico riu. – E eu, que nem tenho um apartamento meu! Pois é, eu moro com a minha prima, de favor ainda. Mas ela parece ser legal, então, tudo bem.

– Entendi... Mas e aí, o que tem achado da cidade até agora?

– Ah, bem massa, cara. Ainda mais o fato de ser tão... bonita, sabe? Quer dizer, os prédios são bonitos, as construções no geral... Um pouco diferente de onde eu venho.

Fernando deu uma risadinha.

– É. Nova Brasília foi planejada para ter um design cada vez mais *clean*, como eles dizem. É bom morar aqui, pelo menos eu não tenho do que reclamar.

Chico sorriu simpaticamente.

– Estou vendo.

– O único problema mesmo... são as organizações criminosas, que têm crescido... e os rumores sobre elas... Enfim, não importa.

– Rumores? – repetiu Chico.

– Sim, mas não liga, são besteiras – disse Fernando parecendo ter ficado meio inquieto.

– Hum... sei.

– Ah, só uma coisinha... – continuou Fernando – eu sou gay, tá?

– Ah, tudo bem – disse Chico, fazendo pouco caso da declaração.

Em 2052, os tempos eram outros, ninguém se importava com a sua orientação sexual, assumir-se era algo extremamente fácil e banal, tipo de atitude que só servia mesmo para que as pessoas não confundissem as coisas. Preconceito quanto a isso era muito raro, apesar de ainda existir em alguns poucos lugares. Na maioria esmagadora das vezes ninguém iria olhar feio para você, ninguém iria dizer que você era um pecador e te condenar ao inferno, principalmente se você morasse em Nova Brasília. A própria Igreja Católica já havia declarado 20 anos antes que gays não eram pecadores; o mundo e, principalmente o Brasil, haviam mudado, nesta questão ao menos, para melhor.

– Eu ouvi dizer que o professor de história da paranormalidade é meio exigente. – comentou Fernando.

– Sério? Talvez isso seja bom – respondeu Chico, e a verdade é que ele não tinha ouvido falar nada a respeito de nenhum professor. A única coisa que o interessara saber a priori foi o currículo do curso.

Foi aí que, de repente, entrou pela porta uma curiosa mulher. Seu cabelo era laranja, seu físico era raquítico, a pele levemente enrugada, presumivelmente na meia idade. Vestia uma saia amarela comprida, tamancos e uma blusa sem manga branca. Nas mãos carregava duas sacolas de compras, que ela pôs cuidadosamente em cima da mesa do professor. Imediatamente, virou-se para a classe exibindo seu alongado rosto e, com uma expressão julgadora, anunciou com sua voz nasal:

– Meu nome é Penélope, e eu serei sua professora de história da paranormalidade este ano. Espero que vocês estejam preparados para estudar.

Fernando ficou surpreso ao ver que, na realidade, era uma professora.

— Só tem isso de gente nesta classe? – indagou a professora um tanto indignada. E, realmente, olhando em volta notava-se que faltavam pelo menos uns 15 alunos, que ainda deveriam estar aproveitando o intervalo.

— Bem, que seja – disse a professora Penélope imbuída de desdém. – A aula começa agora, e eu quero que vocês saibam que não vou explicar de novo o que eu tiver dito, a menos que seja uma dúvida geral da classe, pois se for apenas um simples caso de desatenção... Sinto muito.

— Mas, professora! – protestou Fernando. – E se apenas um aluno não tiver entendido?

— Oras, já disse! Não vou voltar a explicar por desatenção.

— Mas e se ele estivesse prestando atenção? – insistiu Fernando.

— Se ele estivesse prestando atenção, ele teria entendido. Fim de papo – rechaçou a professora.

Era óbvio que discutir com ela seria inútil, ainda mais pelo fato de ela possuir uma atitude tão hostil. Levando isto em consideração, Fernando concluiu que seria melhor apenas se calar e relaxar em sua carteira. Se ele entendesse, bom, se não, melhor sorte na próxima. Quanto azar. A aula que todos mais esperavam para atender seria lecionada por uma professora desinteressante. Chico, no entanto, manteve-se indiferente a este fato; contanto que aprendesse algo, já estava valendo.

# # #

Às 11h30 todas as aulas da manhã haviam terminado. Era hora da saída. A professora Penélope calou-se a contragosto e foi se sentar em sua cadeira murmurando um audível "hmpf". Chico e Fernando se levantaram de suas carteiras e esticaram o corpo. A classe havia sido um pouco tediosa, mesmo para Chico, cujas expectativas eram nulas.

– Cara... – disse Fernando em meio a um enorme bocejo – Que aula chata. Meu Deus!

– É... – concordou Chico –. Não foi exatamente excitante.

– Vam'bora, cara.

E em seguida, os dois se misturaram à corrente migratória de pessoas que aos poucos (até porque a maioria continuava dormindo em seus lugares) ia deixando a sala. No corredor foram caminhando lado a lado enquanto jogavam conversa fora. Descendo as escadas, Chico cruzou com uma garota de cabelo encaracolado e marrom, a franja alisada tapando o lado direito do rosto, que fez com que ele sentisse um leve déjà-vu. Mas como ela não o notou, ele resolveu ignorar também.

– Cara, como é lá na Bahia? – perguntou Fernando quando eles chegaram ao andar de baixo.

– Ah, é um lugar massa, cara, apesar de eu só conhecer Salvador mesmo – disse Chico. – O único problema é a seca, que acaba com o interior, com as fazendas, com os animais...

– Hum... mas o governo não tinha aquele projeto para distribuir água lá pela região? Não sei bem o termo, mas acho que era algo com dessalizar a água do mar, não é? Não tem algo assim?

– Isso, dessalinizar a água. Pois é, cara – disse Chico soltando um suspiro – mas mesmo com isso ainda não é possível chegar a todas as pessoas. O método de distribuição ainda é meio falho, mas enfim... Por sorte, eu e minha família não tínhamos esse problema por morarmos na capital.

– Ainda bem – concordou Fernando. Em seguida, disse:

– Bem, aqui em Nova Brasília não existem secas, mas também quase não tem paisagens naturais. Quer dizer, existem muitas paisagens artificiais, que foram feitas para parecerem naturais, e até conseguem, mas... Só salvam as praias mesmo.

– Hum, entendo. Mas isso para mim não é um problema. A cidade parece ser legal, e é bonita. O resto são detalhes – e ao terminar de dizer isto, Chico e Fernando pararam diante da fila que se formava na saída da faculdade. Era realmente um incômodo esse negócio do segurança ser obrigado a verificar cada cartão estudantil um por um.

– Quando será que eles vão por uma catraca para acabar com essa situação chata? – indagou Chico.

– Uma catraca? – repetiu Fernando, parecendo um pouco confuso. – Onde? Aqui?

– Sim, ué...

– Para que, cara? Já tem quatro na outra entrada...

– Na outra entrada?

– Sim, cara. A gente só está usando a saída para entrar também porque a real entrada está sendo reformada.

Chico não conseguiu acreditar naquilo. Como que ele nem sequer notara que havia alguma reforma acontecendo? Quer dizer, o lugar era grande, mas se comparado a outras instituições, era de tamanho mediano. E ele tinha quase certeza de ter andado pela maior parte dos lugares. Com certeza teria notado uma reforma.

– Mas... – disse Chico um pouco retraído – que entrada?

Foi então que Fernando soltou um riso de canto de boca.

– Já entendi o que está acontecendo – ele disse. – Você não percebeu a reforma porque eles a esconderam. É isso.

– Esconderam? – repetiu Chico.

– Sim, eles puseram um holograma em ambos os lados da reforma, e aí ela se tornou um corredor sem saída para quem estivesse dentro, e uma parede para quem visse do lado de fora. Eles fazem isso aqui hoje em dia para manter a elegância do lugar. A reforma pode acontecer sem ninguém sequer perceber. Não é demais?

Chico ficara impressionado. Apesar de a tecnologia holográfica já ser igualmente bastante difundida no mundo, na Bahia ainda não havia chegado a esse nível, e provavelmente em nenhum outro lugar do país. E, se brincar, nenhum lugar do mundo já possuía tecnologia para fazer um holograma tão convincente. De fato, Chico recordou ter se deparado com um corredor sem fim.

– Muito massa isso, cara!

– E bem, pelo que eu fiquei sabendo – continuou Fernando – a reforma deve acabar semana que vem.

– Da hora!

Três minutos depois, os dois finalmente se viram do lado de fora da faculdade, depois do segurança verificar seus cartões estudantis e, mais uma vez, piscar suspeitosamente para Chico. Eles andaram alguns metros descendo a calçada até o ponto de ônibus e pararam. Fernando falou:

– Cara! Será que você pode esperar um pouco? É que eu vou ir embora com uma amiga. Ela vem pra gente ir embora juntos.

Chico não tinha motivos para recusar a oferta. Conhecer a amiga de seu amigo seria como conhecer um novo amigo por tabela, talvez.

No céu o sol ia alcançado o seu pico. A temperatura estava amena. Era um dia quase sem vento. Aquele ar de saída de escola era extremamente nostálgico, e Chico adorava o sentimento de nostalgia. Esta era uma de suas peculiaridades; a outra era a apreciação por espirros, mas isto não vinha ao caso.

Momentos depois, o som de algo rolando bem rapidamente pelo chão começou a ser ouvido. Chico olhou para o lado e arqueou a sobrancelha.

– Su! – disse Fernando acenando para a garota que vinha chegando a alguns metros em cima de um skate de rodinhas. – Primeira vez que você chega na hora, não é?

Desmontando do skate a cinco metros deles, a menina se aproximou andando. Era magra, tinha o cabelo curto em uma tonalidade fortíssima de vermelho. Vestia uma blusa preta sem manga, uma bermuda azul e tênis All Star.

– Né, não? Se eu tivesse com aquelas drogas flutuantes só teria chegado amanhã – ela comentou casualmente, referindo-se aos skates flutuantes.

– Sei. Você que não sabe andar neles e fica aqui difamando os coitados... – replicou Fernando cumprimentando-a com um beijo na bochecha. – Ah, a propósito, este aqui é o Chico.

– Hum... prazer, Sr. Chico – ela virou-se para ele e estendeu a mão direita para um aperto. – Meu nome é Susana.

– Prazer, Susana... – respondeu Chico timidamente.

– Hm? Você é um paranormal? – ela o questionou com uma expressão de curiosidade.

– Sim, sou sim... Você também?

– Sim... – respondeu Susana, inclinando-se para examinar o rosto de Chico. – Você... não é daqui, não é? – ela rapidamente deduziu.

– Oxê... Como você soube tão rápido?

Após esta resposta, Fernando e Susana tentaram sufocar uma repentina vontade de gargalhar. Chico não compreendeu.

– Do que vocês estão rindo?

Contendo-se o melhor que pôde, Susana explicou:

– Desculpa, Chico, é que esse seu "oxê" foi engraçado... Sei lá, ninguém aqui fala assim. Desculpa mesmo, viu?

E talvez, nesse exato instante, tenha finalmente caído a ficha de Chico a respeito de não estar mais mesmo na Bahia. Uma inocente vontade de sorrir tomou conta dos seus lábios.

Fernando e Susana não entenderam a razão de Chico ter começado a rir, mas por algum motivo começaram a rir também. O estudante transferido tinha a sensação de que provavelmente iria se dar bem com aquelas duas pessoas.

Depois de cinco minutos de mais conversa fiada e risadas, os novos amigos de Chico se despediriam e seguiram seu rumo no trólebus que havia acabado de chegar. Sem mais porque ficar ali, o rapaz transferido seguiu de volta para a casa de sua prima.

Praticamente mais nada de interessante aconteceu no restante daquele dia. Chico passou a tarde toda dentro do apartamento de sua prima, alimentando-se de besteiras que ele havia comprado na padaria da esquina com o pouco dinheiro que havia trazido consigo, revisando o que tinha visto na aula e assistido à televisão enquanto navegava na internet por uma das telas holográficas do aparelho.

No final da tarde, decidiu dar uma varrida na sala. À noite, sua prima chegou do trabalho e eles resolveram jantar juntos. Ela, porém, ironicamente não sabia cozinhar, revelando viver exclusivamente de comidas congeladas. Mas tampouco sabia Chico. Solução: pediram uma pizza de champignon, que demorou apenas dois minutos para ser entregue. Depois, foram dormir.

CAPÍTULO #4

Multipropósito?

O dia seguinte prometia ser, no mínimo, diferente, a começar pelo fato de que, de acordo com o calendário, aquele era o dia 29 de fevereiro, uma quinta-feira. Este dia, em outras palavras, só existia em anos bissextos e, como anos bissextos só acontecem a cada quatro anos, era bastante aceitável acreditar que havia algo de especial nele. Apesar disto não ser verdade.

Às quatro da manhã Chico foi despertado abruptamente de seu sono no sofá da sala. O fluxo do vento parecia ter mudado. Como ele era sensível às correntes de ar devido ao seu poder, esse tipo de mudança era sempre perceptível, mesmo que fosse mínima. Mas por ser algo normal, na maior parte das vezes, ele restringia seu desagrado para si mesmo. Desta vez, porém, ele ficou incomodado, pois a mudança não parecia ter sido natural.

Respirando nervosamente, ele virou em direção à janela da sala e viu que estava escancaradamente aberta, do jeito que ele havia deixado antes de deitar. De maneira alguma qualquer mudança natural no fluxo de ar teria feito com que ele acordasse completamente ouriçado. Havia alguma coisa acontecendo por perto. Sem pensar duas vezes, ele se levantou do sofá e foi dar uma olhada lá fora. Apoiou suas mãos no parapeito da janela e inclinou-se para olhar para baixo. O terreno baldio, que deveria estar vazio, agora estava sendo visitado por uma estranha figura masculina vestindo roupas sociais e óculos. O homem lá embaixo permanecia parado, apenas olhando fixamente para a parede quase completamente despedaçada, à margem esquerda do terreno. Chico não estava entendendo, mas havia algo de suspicaz naquilo.

Exatamente dois minutos depois, o esquisito visitante fez o seu primeiro movimento distinto. Ajeitou os óculos com o braço direito e ergueu sua mão esquerda para o céu. Nisto, o fluxo de ar do chão até 15 metros acima da cabeça do sujeito começou a se mover com mais velocidade e, curiosamente, em sentido circular. Chico observava sem conseguir acreditar. O que aquele sujeito estava tentando fazer? Será que ele sabia que era proibido usar poderes em locais públicos sem permissão prévia? Será que ele possuía permissão? Muitos questionamentos surgiram na mente de Chico. O que ele deveria fazer? A velocidade do vento aumentava gradualmente, e se continuasse naquele ritmo...

Concluindo que já não dava mais para continuar indiferente e duvidando de maneira veemente que aquela pessoa possuísse permissão prévia para fazer o que estava aparentemente tentando fazer, Chico estirou seu braço e dissipou a trajetória circular do ar, antes que ela acabasse se tornando um pequeno redemoinho. Fazer isto não era nem um pouco difícil para Chico, afinal de contas, ambos aparentavam possuir o mesmo poder paranormal.

O sujeito esquisito permaneceu estático, como se estivesse tendo alguma dificuldade para compreender o que acabara de se suceder. Rapidamente, Chico saltou da janela do apartamento, aterrissando de maneira suave no terreno baldio, a dez metros de distância da estranha figura. Nesse momento, ao perceber que não estava mais sozinho, o homem vestido com roupas sociais lentamente torceu a cabeça em direção a Chico. Sua face não expressava nenhuma emoção. Era uma visão perturbadora.

– Ei, você! – exclamou Chico. – O que você está fazendo aqui? Aliás, primeiramente, quem é você? Hein? Qual é o seu nome?

A estranha figura, que se assemelhava a um rapaz, inclinou a cabeça para olhar a janela aberta no segundo andar do prédio e, então, retornou-a para a posição original; contudo, nada respondeu.

– O que foi? O que tem na minha janela? Ligeiro, rapaz! Diz algo! Por que cê tava tentando criar um redemoinho aqui? Não sabe que isso pode ser perigoso? Existem casas em volta, cara! E você precisa de permissão para usar poderes em espaço público. Não sabe disso, não?

O rapaz ornado de roupas sociais rispidamente disse com uma voz fria:

– 2, 9, 23, 44, 72, 107, 149?

– 2, 9, 23? Ahn? O que você quer dizer com isso?

– Erro na confirmação da senha. Por favor, retire-se do local ou isso será obrigado a utilizar contramedidas.

Chico coçou a cabeça.

– Esses números aleatórios eram uma senha? Como assim, "isso"? Cara... Você tá bem?

– Retire-se do local imediatamente.

– Por que você táa falando dessa forma estranha? Não acha que tá muito tarde para ficar vagando por aí?

– Isso repete pela última vez: retire-se do local.

– Cara... – disse Chico, começando a andar em direção ao rapaz de óculos. – Eu acho que você não está bem. Aliás... você parece meio pálido. Aonde você mora? – e foi então que, ao parar exatamente a um metro de distância do estranho sujeito, ele repentinamente propulsionou a si mesmo oito metros no ar, simplesmente flexionando e esticando os joelhos, como se nenhum esforço sério fosse preciso. Em seguida, no curto espaço de tempo que teve antes de começar a cair, direcionou o braço direito para

Chico como se fosse uma arma e disparou pela mão uma espécie de raio branco luminoso, cujo recuo o fez subir mais dois metros. Chico, no entanto, foi capaz de evitar ser acertado movendo-se alguns centímetros para a direita, graças aos apuradíssimos reflexos que possuía por ser um paranormal classe A. O rapaz de roupas sociais caiu sete metros adiante de Chico. No local onde o raio havia acertado, um buraco de mais ou menos cinco centímetros de circunferência se formara; não era possível enxergar o seu fundo.

– O... o que... foi isso? – murmurou Chico em total descrença. Ele poderia ter sido furado igual queijo suíço caso aquele raio o tivesse atingido. Por que aquele rapaz o atacara tão hostilmente?

– Isso especula que o intruso possui habilidades avançadas após ter sido capaz de se esquivar da ofensiva "de isso", e o aconselha insuspeitadamente a revelar o nome pelo qual se identifica.

– Ahn? Agora você quer saber o meu nome? – arguiu Chico julgando aquela sequência de ações completamente bizarra. – Cara... Você quase me matou aqui. E outra coisa, por que você fala assim? Até parece um... um...

– Isso persiste na intenção de querer estar ciente do nome pelo qual o intruso se identifica. – interrompeu o sujeito.

– Você parece um robô, cara! Sério! – retorquiu Chico, finalmente encontrando a palavra certa – Você tá interpretando algum personagem? Tá vindo de alguma festa temática ou algo assim? Porque se for, acho que já pode parar.

O esquisito rapaz pareceu ter ficado sem palavras. Chico tinha certeza de que ele iria persistir em mais uma vez perguntar qual era o seu nome, justamente para não sair do personagem. Mas, este não parecia ser o caso. O rapaz agora simplesmente observava Chico com uma expressão vazia.

Quem era essa pessoa de roupas sociais que pulava a oito metros do solo com a maior facilidade do mundo e ainda lançava raios destrutivos pela mão? Era bem provável que também fosse um paranormal, porém, paranormais muito raramente possuíam duas habilidades, e quando isto acontecia, elas nunca conseguiam passar da classe E. Esse estranho sujeito, no entanto, tinha sido capaz de quase criar um redemoinho e, portanto, isto fazia dele o fortuito possuidor de duas habilidades que estavam bem acima da classe E.

– Por favor, isso pede que confirme a senha: 2, 9, 23, 44, 72, 107, 149. – disse o esquisito sujeito mais uma vez.

– Tá louco, cara? Esse negócio de senha de novo? – respondeu Chico em tom de deboche. – O que você quer dizer com isso afinal?

– Negativo. Isso concluiu que o intruso não passa de um civil. – afirmou o sujeito. – No entanto, isso insiste em saber o nome pelo qual este é reconhecido.

Chico soltou um suspiro de cansaço. Pela maneira como aquela conversa se desenrolava, ou ele entrava no joguinho daquele excêntrico paranormal de duas habilidades, ou ele ficaria ali até de manhã, sem conseguir entender nada.

– Tudo bem, tudo bem... Vou fazer do seu jeito. – disse Chico. – Eu digo meu nome e você diz o seu, ok?

O sujeito não voltou nenhuma resposta.

Chico suspirou novamente e então revelou:

– Meu nome é Chico. Pronto, satisfeito? Agora, qual o seu nome?

– Chico – repetiu o sujeito. Logo após requereu:

– Isso gostaria do nome completo.

– O quê?! – exclamou Chico, por um fio de perder sua paciência. – Você só vai me dizer seu nome seu eu disser o meu completo?

Como já era de se esperar, nenhuma resposta pôde ser ouvida.

Chico rosnou como um cachorro raivoso, que estava prestes a atacar uma visita desconhecida depois de ter ficado um mês inteiro preso dentro de um quarto escuro.

– Que seja. Vamos acabar logo com isso. – disse, por fim, em tom de desprezo. – Meu nome é Chico Santana. – fez uma pausa dramática. – Agora, pode me revelar o seu nome, por favor? E também aproveitar para me explicar como você é capaz de usar duas habilidades tão bem. Seria bom, sabe?

– Chico Santana. Isso registrou seu nome com sucesso. – disse o esquisito sujeito.

– Isso registrou? – repetiu Chico com leve indignação na voz. – Cara... é sério. Esse seu jeito estranho de falar, referindo-se a si mesmo como uma coisa, tá me deixando um pouco preocupado. Além disso, eu já revelei o meu nome. Será que dá para você me dizer o seu logo?

O rapaz que vestia roupas sociais parecia não sentir a menor necessidade de responder aos comentários de Chico. Para ser mais preciso, ele agora havia fechado os olhos e inclinado sua cabeça 45 graus para cima, dando a ligeira impressão de estar absorto em pensamentos.

– Você vai continuar parado aí para sempre, é? Não vai dizer nada? Tá pensando no quê? Na morte da bezerra? – provocou Chico, que só resolveu não se aproximar dele dessa vez por achar que ele pudesse novamente atacá-lo do nada. Era óbvio que aquele sujeito não era uma pessoa normal, e Chico queria tentar descobrir mais a respeito dele, antes de pôr alguma ação em prática.

– Banco de dados vasculhado. – disse a exótica figura voltando-se para Chico mais uma vez. – Espécime em questão identificado, porém a análise prévia não foi capaz de fazer uma avaliação completa. O curso de ação a tomar, no entanto, permanece o mesmo.

– Ahn? Do que você está... – e antes que Chico pudesse terminar sua fala, o misterioso rapaz que vestia roupas sociais avançou em um salto a toda velocidade, com seu punho fechado, para cima de Chico. Nos parcos milésimos de segundo que teve para digerir o que estava prestes acontecer, ele só foi capaz de pensar em imitar o movimento anterior de seu adversário: menos de um metro antes de ser alcançado, disparou pelas mãos uma rajada de vento que o impulsionaria dez metros para cima.

O soco do sujeito esquisito acertou o chão tão forte que o impacto fez voar terra para cima e para os lados. Chico, entretanto, ainda não havia evitado totalmente a ofensiva, e um metro antes de alcançar os dez metros de altura, dois raios brancos luminosos surgiram de dentro da poeira que havia se elevado por causa do soco. Reagindo o mais rápido que foi capaz dentro dos poucos milésimos que teve, Chico moveu seu braço esquerdo em um ágil movimento horizontal e criou uma célere corrente de ar, desviando os raios sem direção ao escuro céu centímetros antes que eles o atingissem. Ao longe, aqueles dois raios assemelharam-se a estrelas cadentes para quem observasse a noite naquela direção.

Tocando o solo mais uma vez, porém, não tão suavemente, Chico viu-se arfando de cansaço. Apesar de ele ser um paranormal de classe A, não possuía muito estamina, principalmente depois de ter executado manobras evasivas tão bruscas em espaços de tempo tão pequenos. Olhando para frente, Chico calculou 15 metros separando ele de seu adversário, que, por algum, motivo, apresentava-se com o braço direito apontando para ele. Atrás, a cratera formada pelo impacto do soco, provavelmente com uns três metros de largura.

Não havia tempo para falas desnecessárias. Nos segundos que se seguiram, um brilhante e intenso disparo percorreu a distância entre eles, fazendo o solo se afastar; contudo, antes de conseguir alcançar seu alvo, o raio surpreendentemente desintegrou-se frente a uma inesperada corrente de ar conjurada por Chico. O misterioso sujeito recuou um passo pela primeira vez, parecendo ter sido intimidado. Na sequência, sem nada a ponderar, Chico saltou o mais alto que pôde e, pela primeira vez em muito tempo, usou o seu ataque preferido: na mão esquerda forjou uma esfera de ar de 30 centímetros de circunferência e a arremessou em direção ao esquisito sujeito. Nos poucos milésimos que precederam o contato da esfera com o solo, o misterioso sujeito se jogou para direita em um último e desesperado ato de se safar. Uma explosão de ventos com velocidade acima do F2 eclodiu para todos os lados. O solo do terreno baldio foi achatado; terra e poeira subiram e depois começaram a cair como chuva por toda parte, invadindo janelas abertas do prédio de sua prima, do prédio detrás e das casas na redondeza, também avançando até um pouco para a rua.

Chico penetrou no meio daquela nuvem de poeira que se formara no terreno e aterrissou. Não dava para ver muita coisa e ele resolveu esperar a poeira baixar um pouco, com o braço cobrindo o rosto. Enquanto aguardava, subitamente se deu conta de que havia deixado a janela do apartamento de sua prima aberta, e a sala agora deveria estar coberta de terra por toda parte. Azar! Ele teria que limpar tudo antes que ela acordasse e percebesse; caso contrário, teria que explicar toda essa inacreditável situação que provavelmente não faria o menor sentido para sua prima. E, bem, Chico não queria ser expulso do lugar aonde ele podia passar a noite e comer sem ter que pagar nada.

Quase um minuto depois de ficar se torturando com seus pensamentos, Chico finalmente notou que a poeira já havia baixado quase totalmente. E foi então que, ao olhar para frente, ele viu o estado do jovem que tinha acabado de confrontar. Estirado no chão na frente da parede de tijolos rachada, que agora continha o molde de um corpo humano.

Ele, provavelmente, havia sido arremessado de encontro à parede e pressionado pelos ventos, e aí, quando os ventos cessaram, ele descolou-se da estrutura e caiu para frente. No entanto, havia algumas características corporais que haviam mudado no sujeito, ou pelo menos era a impressão que se tinha de longe. Chico arqueou a sobrancelha e começou a se aproximar.

Parando ao lado do rapaz, Chico não conseguia acreditar no que os seus olhos lhe mostravam. Será que aquilo podia mesmo ser real? Ele se agachou e cuidadosamente virou o corpo do rapaz para cima. Um murmúrio saindo da boca dele podia ser ouvido, dizendo algo como, "matar... recuperar... missão... senha...", mas as palavras não se conectavam. E o pior de tudo, os arranhões espalhados pelo corpo do rapaz, tanto na frente quanto atrás, revelavam uma carcaça metálica por debaixo da pele. Um robô? Então, este misterioso sujeito era de fato um robô? Chico não tinha a menor ideia de como deveria reagir àquela descoberta. Será que ele deveria manter segredo? Mas qual teria sido o objetivo que este robô havia tentado alcançar? E por que no meio da noite, em um terreno baldio que só tinha terra, entre dois prédios pequenos e várias casas?

A mente de Chico poluiu-se de questionamentos dos mais diversificados possíveis, no entanto, ele não conseguiu chegar a nenhuma resposta. O que aquilo significava? Chico nunca havia ouvido falar a respeito de robôs que pudessem se mover com tanta naturalidade e destreza daquela maneira. Nova Brasília era mesmo uma caixinha de surpresas, mesmo que essa surpresa parecesse ser bem mais tenebrosa do que uma surpresa normal.

Respirando fundo, Chico resolveu examinar o corpo com mais escrutínio. Observando cada um dos pontos em que a parte metálica havia sido exposta, ele encontrou, no pé esquerdo, o começo de uma palavra, *Mul*. O resto estava coberto pela pele artificial. Não conseguindo conter sua curiosidade, já foi logo puxando e arrancando a pele, até que a palavra pôde ser vista em sua totalidade: Multipropósito. Aquela palavra, escrita com uma fonte estilizada, vagou na mente de Chico sem conseguir associá-la com nada em particular. Multipropósito? Será que aquele era o nome da empresa que fabricara o robô? O que será que aquilo queria dizer?

Eram exatamente 4h20 da manhã, e, apesar de Chico ainda acreditar estar muito cedo para deixar todas suas dúvidas de lado, decidiu que era preferível ir logo resolver o que fazer com aquele cadáver robótico, pois depois ele ainda precisaria dar um jeito no apartamento de sua prima, e isto não seria nada divertido.

# # #

Às 6h15 da manhã, o sol erguia-se no horizonte. A luz forte começara a entrar pela janela da sala do apartamento da prima de Chico, que nesse distinto momento notava-se estar completamente livre da terra proveniente do terreno baldio. Ele havia conseguido, depois de algum esforço, retirar cada grão de terra do apartamento e jogar de volta para o terreno, mesmo que sem querer quase tivesse arremessado o aparelho da televisão holográfica para fora quando resolveu utilizar o seu poder para otimizar o processo. Mas estava tudo bem agora e ninguém ficaria sabendo a respeito da inenarrável situação que se sucedera durante a madrugada naquele terreno baldio. Ou melhor, ninguém deveria ficar sabendo, ao menos não por enquanto.

Chico tentaria pesquisar algo a respeito daquele robô com o termo *multipropósito*, quando tivesse tempo, é claro. Pois agora, depois de bebericar um merecido copo d'agua, o transferido aluno baiano iria se deitar no sofá e tentar dormir para, quem sabe, recuperar as quase duas horas de sono perdidas. Duas horas talvez não parecessem muita coisa, mas para Chico era a crucial diferença entre um dia produtivo e um dia regrado a inconvenientes bocejos.

– Finalmente... – ele murmurou, andando que nem um zumbi da cozinha até o sofá da sala e despencando. Uma vez deitado, não demoraria muito para pegar no sono e começar a sonhar com anjinhos ou com algum desejo reprimido do seu subconsciente. Afinal de contas, é com esse tipo de coisa que as pessoas sonham de maneira geral.

Os passarinhos podiam ser ouvidos cantando ao longe, a manhã iniciava-se com uma atmosfera calma, contradizendo excessivamente a possibilidade de que algo excitante pudesse ter acontecido menos de duas horas antes. E quem poderia provar? A única prova de que algo assim havia ocorrido encontrava-se enterrada cinco metros abaixo do solo do terreno baldio, e ninguém além de Chico sabia a respeito. Com a bochecha achatada no braço do sofá, o garoto permitiu que um bocejo prolongado escapasse rumo à liberdade. Ainda levaria alguns minutos até que o rapaz estirado no sofá se desligasse da realidade e de fato adormecesse.

Exatamente às 6h15, a maçaneta do quarto de Elis girou e a porta se abriu. Vestida em um pijama rosa e de pantufas, a mulher arrastou-se para fora de seu quarto com os olhos fechados, entrando direto na cozinha, ignorando o fato de que Chico estava na sala. Em contrapartida, Chico também não notara a presença dela. O som de algum líquido preenchendo um recipiente pôde ser ouvido. Um 'glupglup' característico seguiu-se. Em seguida, Elis foi saindo da cozinha com o intuito de retornar ao seu quarto. Porém, assim que ela pôs sua mão na maçaneta, todo, o seu corpo parou de se mover. Ela aparentava ter repentinamente adentrado num estado pensativo, no qual seu cérebro procurava tentar entender as informações que chegavam ao seu redor. Foi então que, instintivamente, entortou seu corpo para trás e ficou observando completamente estupefata seu primo Chico jogado no sofá de sua sala. Silêncio. Silêncio anunciado de silêncio. Um passarinho pousou no parapeito da janela aberta.

– Ch... Ch... Chico? – tartamudeou Elis.

O garoto não havia escutado. Ou melhor, ele não havia percebido ainda que havia alguém ali. Seu estado, no entanto, ainda não era o de adormecido. Era apenas o de baixa percepção do que acontecia ao redor.

Incrédula diante daquela situação, Elis então trouxe à tona sua virilidade feminina, gritando:

– CHICO!

O garoto assustou-se de tal forma que acabou caindo e batendo o queixo no chão.

– O... o que foi?! – ele disse apavorado, virando-se para sua prima.

– Chico Santana! Você faz ideia de que horas são?

– O quê? Como assim? – ele disse, não compreendendo minimamente o motivo de sua prima tê-lo acordado daquele jeito.

– Você não está se esquecendo de nada não?

O garoto a olhava com um olhar totalmente perdido.

– Estou? – disse.

A sonolência transparecendo em seu tom de voz.

– Já são 6h17, Chico! Você vai se atrasar para a faculdade assim.

O garoto esbugalhou os olhos. Era verdade! Por algum motivo depois daquele confronto, Chico começou a pensar que ele estava em um sábado.

– Lascou-se! – disse, levantando-se apressadamente para ir ao quarto de sua prima e tomar um rápido banho; contudo, ao passar pela porta, Elis o parou:

– Espera um momento. Por que você tá com essa cara abatida de sono, hein? Não dormiu bem essa noite, é? O que aconteceu?

Na mente de Chico nenhuma explicação plausível lhe veio como opção de resposta. A única era referente a dizer a verdade, justamente o que ele não iria fazer.

– Ah, prima – ele tentou enrolá-la – sabe como é, né? É que eu acabei me esquecendo de te contar que eu tenho um sono leve, e aí... por qualquer coisa eu acordava e...

– Ok. – ela o interrompeu com cara de quem não estava acreditando em nada do que ele dizia – Mas como você me explica esse rasgo na sua manga esquerda, hein? Até onde eu me lembro, essa sua camisa aí estava intacta até ontem.

Chico olhou para o rasgo e paralisou-se. Como ele havia deixado aquele detalhe passar despercebido? Em poucos segundos de raciocínio, concluiu que deveria ter se formado quando ele desviara dos dois raios que o robô lançara contra ele no céu. Ele havia, de fato, usado o braço esquerdo para isso.

– Vamos, primo. Diga a verdade, senão eu vou ter que descobri-la mediante meus próprios meios. – ameaçou Elis – E isso pode ou não ser bom...

O jovem transferido não sabia o que responder. Seus lábios não permitiam que qualquer palavra tomasse forma para ser pronunciada. Sua mente não conseguia bolar nenhuma desculpa cerebrina e conveniente. Sua prima observava com uma sobrancelha alceada. Ele começou a balbuciar palavras a esmo:

– Ahn... eu... er... prima... bem...

– Tudo bem, tudo bem. – ela disse de repente, em um tom de voz brando, sorrindo maliciosamente, enquanto acomodava-se em seu sofá. – Já entendi tudo, priminho. Não precisa me contar se não tiver coragem, ok? Apenas vá tomar seu banho, eu o espero aqui. E se apresse, não quero ver priminho nenhum meu deixando de estudar por causa de algo... do tipo...

O rapaz transferido não foi capaz de compreender o que sua prima havia pensado que ele havia feito durante a noite, mas não que ele fosse reclamar disso, é claro. Relevando, Chico, por fim, resumiu sua ida ao banheiro. Teria que aguentar o sono durante as aulas e só dormir quando finalmente retornasse para casa, ao meio-dia daquela memorável quinta-feira, que não era um sábado.

CAPÍTULO #5

Flores

Uma semana se passara desde o incidente no terreno baldio. Em uma pequena reportagem de 30 segundos, veiculada no jornal da tarde no dia posterior ao ocorrido, comentaram que moradores de tal bairro tinham ouvido um barulho estranho durante a noite, que se assemelhava a uma explosão, porém, ninguém testemunhara. Também noticiaram o fato de que uma pequena porção da rua e outros lugares haviam amanhecido cobertos de terra.

Chico Santana não havia contado a ninguém a despeito do corrido, e ao longo dos dias, por razões acadêmicas e principalmente sociais (rolês), ele quase não teve tempo para pesquisar o termo *multipropósito* na internet. E o pouco de tempo que ele conseguiu dedicar a isso, não lhe rendeu resultados muito satisfatórios; para ser mais preciso, ele só encontrou generalidades a respeito da semântica e significado da palavra, nada que realmente remetesse ao estranho robô.

Chico já não sabia mais o que pensar a respeito disso e nem o que fazer. E então, às 8h07 da manhã do dia 7 de março, desmilinguido em sua carteira em plena aula de psicologia, o transferido rapaz se via. Sua mente, no entanto, não se encontrava na aula, voara para longe ao ver a primeira oportunidade. A razão disto era porque ele estava começando a ficar cada vez mais preocupado por não ter conseguido achar nenhuma informação útil em suas pesquisas na internet, e ainda ter que ficar escondendo de seus amigos e de sua prima o que havia acontecido. Ele delirava que talvez tivesse interferido em algum projeto secreto do governo e passaria a ser caçado como uma espécie de criminoso.

– Cara... você tá bem? – sussurrou Fernando ao ver Chico com a cabeça deitada sob a prancheta de sua carteira. – Não dormiu bem essa noite?

Chico revirou os olhos de sua inexpressiva face e olhou para Fernando.

– Tô bem... – respondeu monotonamente. – Não se preocupe.

– Tem certeza, cara? Você tá horrível! Além disso, eu pensei que você gostasse da aula da Amarílis.

Ao ouvir este último comentário, Chico virou sua cabeça para o lado da parede com o intento de ignorar Fernando pelo resto da aula, pois sua vontade de conversar naquele momento era, de maneira arredondada, nula.

No fundo da classe, um troncudo aluno com cara de poucos amigos, por algum motivo obscuro mantinha seu olhar constantemente fixado em direção ao garoto transferido, quase como se desse a entender que ele o odiava com todos os músculos do seu corpo, que não eram poucos.

# # #

Às 9h em ponto, quase que praticamente todos se levantaram e foram para fora da classe aproveitar o intervalo. Fernando, por outro lado, transferiu-se da primeira carteira de sua fileira para a carteira atrás de Chico, na fileira ao lado. Cutucando-o delicadamente, disse:

– Cara! Cara! Tá acordado?

Chico murmurou algo inaudível e abafado por debaixo de seus braços.

– Tá na hora do intervalo, cara. Vamos conversar, sei lá... – insistiu Fernando.

Percebendo que não havia mais jeito, e também por não querer passar a impressão de que era mal-humorado, Chico levantou sua cabeça da prancheta e virou-se para trás com semblante pensativo.

– Por que você tá assim hoje, cara? Dormiu tarde ontem? – quis saber Fernando, demonstrando preocupação.

– Cara, sério, não liga. – respondeu Chico, desviando do assunto. – Eu tô normal. Não foi nada.

– Você está certo disso?

– Claro que eu tô! – confirmou Chico, forjando uma expressão fajuta de confiança no rosto. – Agora, podemos falar de outra coisa?

– Ok, ok... Vamos mudar de assunto, er... – E enquanto Fernando pensava no que dizer, uma menina de cabelo ondulado, de cor preta, usando uma flor de jasmim no lado direito da cabeça, passou ao lado deles e se dirigiu para fora da classe. O rapaz transferido acompanhou a menina com seus olhos vidrados. Seu coração resolveu bater em ritmo acelerado e, repentinamente, esquecera por completo o motivo que o havia feito ficar preocupado. Por um mísero instante, notou o teor clichê do desenrolar daquela cena e imaginou como tantas histórias juvenis já não se haviam utilizado dela. Seria sua vida uma reles história clichê juvenil? Será que a vida repetia a arte? Ou será que tudo não passara de uma curiosa coincidência? Talvez não para Chico, pois ele acreditava em destino, por mais que ele não o aplicasse para exatamente todas as coisas que fizesse na vida, como comer feijão porque a ervilha estava em falta.

– Terra pra Chico! – Fernando estalou os dedos na frente do rosto de seu amigo, que voltou a olhá-lo assustado. – Será que agora eu consigo sua atenção?

– Foi mal, cara – disse Chico meio sem jeito. – É que...

– É que você estava babando naquela menina? – inferiu Fernando.

– Ahn... Ah! Ela? A menina que acabou de passar por aqui? Nem...

– Você sabe quem é ela? – indagou Fernando.

– Hum... Agora que você comentou... Eu realmente não lembro de já tê-la visto na classe. – respondeu Chico coçando o queixo.

– Claro que não viu. Ela é aluna nova. – explicou Fernando. – Ela entrou hoje. Acho que você tava emburrado aí na carteira e não a viu se apresentando pra classe.

– Ela se apresentou pra classe? – disse Chico com uma expressão confusa.

– Sim, o professor a obrigou, já que ela não estava na lista de chamada e tal.

– Saquei... E qual o nome dela mesmo?

– Ana. – disse Fernando, fazendo uma pausa para coçar o nariz. – Ana Maria das Flores. É engraçadinho, né?

Chico sorriu serenamente.

– Enfim, mudando o foco da conversa aqui rapidinho... – disse Fernando. – Lembra antes de ontem, quando a gente deu uma passada na praia pra te mostrar a orla?

– Claro. A Susana até me contou que você tinha hidrofobia e por isso não queria que a gente se aproximasse da areia e da água...

– É... é... de qualquer forma, lembra-se do Nícolas?

– Aquele amigo da Susana que ficava dizendo que as cantoras de hoje nunca seriam tão legais quanto a Lady Gaga foi?

– Esse mesmo.

– Hum... o que tem ele?

– A gente ficou ontem depois que o rolê acabou.

–Uou! Aí sim, cara. Bate aqui! – disse Chico erguendo e batendo a palma de sua mão com a de Fernando. – Fico feliz por você.

– Valeu, cara. Eu realmente espero que dê certo.
– Oxê! Vai dar sim. Só deixar a coisa rolar. Cê vai ver...

Os dois então se olharam e começaram a rir. E a partir deste ponto a conversa continuou fluindo com naturalidade. O comportamento desanimado de Chico havia sido completamente substituído por outro mais aprazível. O motivo disso podia ser totalmente atribuído à menina Ana. Ele precisava ir falar com ela, a qualquer custo, mesmo que fosse para dizer nada demais. Mesmo que fosse apenas para dizer "Oi". No entanto, como ele faria isso? Chico era tímido. O fato de desde pequeno ser um paranormal com grande potencial, vivendo rodeado de pessoais normais, contribuiu bastante para que ele criasse certo medo de dar o primeiro passo sempre que se interessava por alguém, com medo de que a pessoa o rejeitasse por ele ser diferente. No entanto, isso era passado, e agora ele tinha que entender que ninguém da sua classe o julgaria por ser diferente, afinal, todos ali eram, em maior ou menor grau, bem diferentes de um ser humano ordinário.

De qualquer maneira, Chico resolveu que só iria tentar fazer isso no dia seguinte, quando já tivesse sido capaz de juntar coragem o suficiente e se preparado psicologicamente para revezes e decepções.

Mais tarde, na hora da saída, uma corpulenta figura que exibia um olhar de pouquíssimos amigos, encostada na parede ao lado da entrada da faculdade, espreitava Chico enquanto ele ia caminhando de volta ao apartamento de sua prima, logo após ter se despedido de Fernando e Susana. Um mordaz sorriso formou-se na feição do sujeito.

# # #

Na manhã do dia seguinte, por volta das 6h15, quando Chico estava prestes a sair do prédio, de relance ele reparou que a sonda vigilante havia finalmente sido concertada ao vê-la aparecer por de trás de uma coluna, flutuando como se nada nunca tivesse acontecido. O rapaz começou a pensar na possibilidade de que talvez a sonda mantivesse registros de quem fosse visto pelas suas lentes, e neste caso, Chico havia não só sido visto, como havia atacado a pobre máquina. Quem será que a havia consertado? Será que havia sido o síndico? Chico então percebeu que depois de mais de uma semana ele ainda não tinha a menor ideia de quem era o síndico. E era bem provável que ele talvez tivesse ficado um pouco desconcertado ao verificar os registros da máquina.

Eximindo a importância daquilo, Chico voltou-se para o caminho da sua faculdade. Aquela sexta-feira prometia, pois, depois de pensar bastante no que fazer no dia anterior, ele tinha certeza de que conseguiria se aproximar de Ana e, pelo menos, dar o pontapé em uma amizade. Depois disso, uma coisa levaria a outra e, quando ele menos esperasse, ver-se-ia na ponta do precipício do relacionamento ante o desfiladeiro sem fundo da amizade. Um lugar extremamente perigoso, onde qualquer passo em falso poderia fazê-lo cair e nunca mais ser capaz de escalar a íngreme parede rochosa. Chico respirou fundo e tentou acalmar os nervos. Ele só tinha que falar com ela. O que havia de tão difícil nisso, carambolas?!

A luminosidade solar encontrava um pouco de dificuldade para penetrar o céu cheio de nuvens que aquela manhã apresentava. Estava tudo ainda um pouco escuro, e não havia muitas pessoas na rua. Um gato preto passou na frente de Chico e, imediatamente, ele traçou aquela velha associação que as pessoas faziam entre gatos pretos e azar. Porém, no instante seguinte, ele observou o tamanho do preconceito que aquela visão comum imbuia. Qual era a culpa que os gatos tinham de ter nascido pretos, afinal? E qual era a lógica da conclusão de que eles proporcionavam azar? O rapaz revoltou-se consigo mesmo enquanto olhava distraído para o céu. Subitamente, ouviu um barulho familiar de vidro estalando e parou de andar. Ao olhar para baixo, viu sob seu pé um pequeno espelho estilhaçado. Não dava para acreditar naquela ironia. Será que agora ele deveria se preocupar?

Alcançando as imediações da faculdade, Chico preferiu não perder tempo e já foi entrando rapidamente. Ele havia chegado cedo, pois nas sextas-feiras as aulas começavam uma hora mais tarde e, por causa disso, uma quantidade bem grande de alunos chegava mais cedo apenas para ficar fumando e conversando do lado de fora, antes da aula (sim, as pessoas ainda fumavam). Justamente o tipo de coisa que ele não entendia. Por que universitários gostavam tanto de fumar? Chico odiava. Aliás, ele odiava qualquer poluição de ar. As moléculas da poluição eram horríveis e o deixavam meio tonto.

Passando pelas salas de aula, ele as via quase que todas vazias, com no máximo um ou dois alunos perdidos, ouvindo música nos cantos. Isto significava basicamente que ele teria um pouco mais de tempo para se preparar até que Ana finalmente chegasse à classe, pois ele sabia que os seus colegas não chegavam cedo; pelo menos na última sexta-feira ele tinha sido o primeiro, ao passo que o segundo só chegara 30 minutos depois, seguido de praticamente todo o resto da classe. Era isso. Nada podia dar errado. Ele só precisa entrar na classe, acomodar-se e repassar em sua mente tudo o que havia planejado falar durante a conversa para que tudo desse certo.

No entanto, Chico descobriu que a vida é uma deliciosa caixinha de surpresas, com um bilhetinho escrito por uma caligrafia quase ilegível a seguinte frase: "Do Clichê, com carinho para você". Sim, pois no instante após dar o primeiro confiante passo para dentro da classe e se virar sorridente em direção às carteiras, Chico viu na última carteira da sua fileira uma menina sentada sozinha ouvindo música e lendo alguma coisa em seu celular. Atônito ele parou de andar. O que fazer? Aquela não era uma menina qualquer, longe disso. Vestindo uma calça jeans lilás, uma blusa de manga curta branca, uma sandália bege, brincos de argola dourados e uma flor de jasmim enfeitando seus longos cabelos ondulados, essa menina era conhecida pelo nome de Ana. Ana Maria das Flores. Chico engoliu em seco e prosseguiu. Ele estava preparado para aquilo, não estava? Claro que estava, havia ensaiado o dia anterior inteiro. Seria fácil, extremamente fácil. Ele tinha o gingado baiano dentro de si, o charme nordestino. Ela não resistiria. Ninguém resistia. Quer dizer, era nisso que ele queria acreditar. Respirou fundo e começou a andar silenciosamente em direção à garota. Ela parecia estar bastante absorta na leitura e na música, e, aproveitando-se disso, Chico conseguiu como um indetectável ninja se sentar na carteira à frente da que a garota estava. Mesmo com a sombra de Chico invadindo a prancheta vazia da carteira da garota, ela ainda não havia notado a presença dele. O rapaz, então, clareou a garganta. A menina virou-se para ele com uma expressão assustada. Seus olhos castanhos eram hipnotizantes.

– Oi? – ela disse, retirando os fones do ouvido – Perdão, eu não tinha visto você aí...

Chacoalhando a cabeça levemente, como se tivesse acabado de sair de um transe, Chico gaguejou:

– Ahn... Ah, tudo bem... eu... é que eu vi... você aí sozinha... aí pensei... em vim falar... com você.

– Hum, tudo bem – ela respondeu, sorrindo gentilmente. – Acho que seria bom mesmo eu conversar com alguém. Até agora eu não falei com ninguém, não fiz nenhuma amizade.

Chico ficara pasmo.

– Sabe, – ela continuou – eu entrei na classe ontem, não conheço ninguém de fato. E não sei... Eu não tô lembrado do seu rosto. Você veio ontem?

– Sim, sim, eu vim. – respondeu Chico readquirindo um pouco da sua confiança e parando de titubear. – É... É que eu tava dormindo na aula, de cabeça baixa... Aí você não deve ter me visto.

– Hum... dormindo na aula, hein? Que coisa feia. – brincou a menina, rindo graciosamente em seguida.

Chico sentiu seu coração derretendo de ternura. Um sorriso bobo formou-se em sua face.

– Ah! Qual o seu nome mesmo? – quis saber a menina em seguida. – O meu é Ana Maria, prazer! – e lhe estendeu a mão para um aperto.

– Ah, meu nome... é Chico, e o prazer é meu, Ana – respondeu o rapaz aceitando o aperto de mão e sentindo como se nunca mais quisesse largar a mão de Ana, mas o fazendo segundos depois, envergonhado por tê-la segurado por tanto tempo.

– Ok. Hum... já que você está aqui há um pouco mais de tempo que eu, o que você tá achando dessa faculdade, Chico? – indagou Ana com um olhar genuinamente curioso.

– Bem, – disse Chico, fazendo uma pequena pausa para pensar em algo bem pontual para dizer – tirando o fato de que a outra entrada ainda está sendo reformada e o campus no geral tem muito poucos lugares que funcionam por automação, os professores do curso são bons. As matérias são interessantes, e acho que não tem muito do que reclamar.

– Entendi... É que... sabe... – disse a menina – eu não sei se eu deveria estar nesse curso e tal...

– Por quê?

– É que eu sou apenas uma paranormal classe D. Sou fraca. Talvez eu não consiga acompanhar o resto da turma, ainda mais que eu cheguei uma semana depois das aulas começarem, sabe? Sei lá, eu tô meio preocupada. Antes eu estava no curso de nutrição, só que... ahn, como eu posso dizer... parece que toda garota que não sabe o que fazer da vida, que não tem aptidão pra nada, vai pro curso de nutrição, sabe? Sei lá, eu não me sentia parte daquilo. Aí resolvi me transferir... Eu nem gosto de comer comida saudável. – Ana começou a rir sozinha. – Ai, caramba, *I'm a mess.*

Chico riu junto com ela. Aquele, definitivamente, não era o rumo que ele havia planejado que a conversa entre eles tomasse, o que era bom.

– Mas viu... – disse Chico, sentindo que havia deixa completamente sua ansiedade de lado – Se você tiver qualquer dúvida, quiser qualquer ajuda, pode contar comigo, ok?

– Ahhh... obrigada, Chico. – agradeceu Ana. – Talvez eu precise mesmo, sabe? Não tava entendo nada na aula de ontem! – ela começou a rir novamente.

Chico também riu, porém, não conseguiu dizer nada após. O silêncio se intrometera entre os dois por quase um minuto. Olhares constrangidos que se encontravam e desencontravam por todos os cantos da sala, mesmo eles estando ali, a centímetros um do outro.

Foi então que Ana repentinamente perguntou:

– Ei, você gosta de música, Chico?

– Claro que eu gosto! – respondeu ele, entusiasmado. – Quem nesse mundo que não gosta de música, não é?

– Né!? – ela concordou. – Mas... você conhece aquela banda chamada As Sextinas?

– As Sextinas? – repetiu Chico.

– É... Que fizeram sucesso há uns 30 anos... que até foram induzidas no hall da fama da música brasileira, sabe?

– Hum... É uma banda só de mulheres, né? Acho que já ouvi falar, sim, mas não conheço as músicas, não.

– Quê? – exclamou a garota. – Você precisa ouvir agora!

– São tão boas assim?

– Simplesmente as melhores! – sentenciou Ana, colocando seus fones no ouvido de Chico.

O rapaz transferido já não sabia mais o que esperar daquela primeira interação com Ana, e achava que até então estava tudo ironicamente saindo melhor do que o planejado, por sorte.

# # #

Como já era de se precipitar, cinco minutos antes do começo da aula, os alunos enfim começaram a aparecer e preencher as carteiras da classe. Fernando, ao entrar e ver Chico ainda trocando uma ideia com Ana, não conseguiu se segurar e, antes de se sentar em sua carteira, sorriu maliciosamente para seu amigo. Chico, desculpando-se com Ana e explicando que era melhor ele sair dali, levantou-se e caminhou de volta para a sua carteira. Melhor dizendo, para o lugar no qual ele havia acostumado a se sentar, porque, a título de interesse, eles estavam em uma faculdade, e não existia de fato esse negócio de lugar marcado de fulano de tal.

A aula que se seguia era a de telekinese, no entanto, apenas explicações teóricas de como funcionava o processo. A prática começaria apenas em duas ou três semanas. O professor que ministrava essa aula era careca, usava óculos fundo de garrafa e um jaleco branco. Ele era alto e tinha cara de quem sofreria um ataque cardíaco a qualquer momento. Seu nome era Reinaldo Heráclito.

O jeito como o professor falava, com uma voz baixa e monótona, era justamente um exemplo a não ser seguido por nenhum outro professor. Muitos não estavam dando a mínima para a aula, conversando alto e em grupinhos. Chico, Fernando e Ana, por outro lado, estavam se esforçando ao máximo para conseguirem compreender a matéria, principalmente Ana, que sentada no fundo da sala muito provavelmente não ouvia quase nada.

Moderadamente aborrecido, Chico virou-se para trás e em uma rápida espiadela viu a pobre menina com uma expressão injuriada no rosto enquanto se esticava inutilmente para tentar ouvir melhor. Aquela cena partiu o coração apaixonado do rapaz. Ele sentia que precisava fazer algo a respeito. Mas o que ele poderia fazer? Altear sua voz e mandar todos se calarem era uma opção. Mas será que era a melhor opção? Se fizesse isso, ele certamente contrairia fama de chato e possivelmente acabaria criando algumas inimizades na sala, o que, de maneira geral, não seria exatamente a melhor coisa a se fazer em um recinto preenchido de gente com superpoderes, que ele não fazia a menor ideia de quais poderiam ser e o nível no qual estariam classificados. Não havia jeito, ele teria que aguentar um pouco. E foi quando, de súbito, uma voz amplificada ouviu-se ecoar por toda parte:

– Chico Santana, seu franguinho de bosta! Vem aqui embaixo e vamos resolver isso logo de uma vez!

A sala parou completamente para prestar atenção. Chico correu em direção à janela quebrada, e viu lá embaixo no pátio, ao lado da árvore artificial, uma musculosa e familiar figura segurando um megafone na mão e olhando malignamente em direção a ele. Era Anderson, e ele não estava só.

– O que foi, Chiquinho? – gritou Anderson lá debaixo, agora sem o megafone. – Tá com medinho de acertar as contas comigo, é? Ó, ou será que você ficou intimidado pelos meus amiguinhos aqui?

Do lado esquerdo de Anderson havia um homem musculoso de moicano azul, jaqueta de couro e calça jeans rasgada, quase duas vezes maior do que Anderson. E do lado direito, uma menina de cabelo verde usando uma saia escocesa até os joelhos, botas de couro e também uma jaqueta. Nas mãos ela girava uma corrente de prata.

– O que você quer comigo, cara? – gritou Chico de volta.

— O que mais você acha que eu quero com você, seu molenga? Revanche! Nosso último confronto não valeu, não conta. Eu não tinha a menor ideia de qual era o seu poder, mas agora que eu sei, a coisa pode ficar mais justa.

— Mais justa?! — exclamou Chico indignado. — Moléstia! Como que agora pode ser mais justo se você tá acompanhado de mais duas pessoas para te ajudar, hein? Não consegue lutar sozinho, não?

— Cale-se! — ordenou Anderson. — Eles não irão interferir em nossa luta.

— Então por que eles vieram com você? – peitou Chico.

— Para garantir que você não fuja que nem cachorrinho, com o rabo entre as pernas, porque eu sei que você irá tentar – provocou Anderson, começando a rir lunaticamente.

— Você tem problemas, cara? – replicou Chico. – A gente tá no meio da aula e você aí atrapalhando tudo só porque eu feri o seu pequeno e sensível ego?

Risadas contidas puderam ser ouvidas, vindas das pessoas que observavam pelas janelas das salas do primeiro e do segundo andares, e também das que estavam de bobeira pelo pátio. Anderson enfureceu-se.

— Já chega de enrolação! – esperneou o arruaceiro rapaz. – Desça aqui e me enfrente como um homem, se for realmente um!

— Endoidou, foi? Cê acha mesmo que vai conseguir ferir o meu orgulho dando a entender que se eu não for aí te enfrentar eu talvez não seja do sexo masculino? Em que mundo atrasado você vive, cara?

— Só o que eu consigo ouvir é um frango cacarejar! – provocou Anderson. – Có-có, có-có!

— Massa! Não pensei que você conhecesse a onomatopeia dos bichos! Parabéns, cara! De verdade! – ironizou Chico, recolhendo seu corpo da janela, decidido a ignorar as provocações e voltar ao seu lugar. Entretanto, antes de chegar a sua carteira, Anderson voltou a usar o megafone:

– Se você não vier aqui neste exato momento, eu juro que mato esse cara! Ouviu? Eu mato! Você vai querer mesmo ser responsável pela morte de um estudante que nada tem a ver com o assunto?

O rapaz transferido paralisou-se, assustado diante daquela perspectiva. Imediatamente, alguns alunos que ainda observavam pela janela de fato viram Anderson se apoderar de um menino qualquer como refém.

– Ele não tá de brincadeira! – comentou um.

– Não mesmo! Não pensei que esse cara fosse tão maluco! – comentou outro.

– Será que ele realmente teria coragem de fazer isso? – questionou mais um.

Se Anderson realmente fizesse aquilo, Chico jamais conseguiria se livrar da responsabilidade e da culpa pela morte de um inocente. Aliás, nenhuma pessoa normal com um coração e o mínimo de empatia conseguiria.

– Cara, o que você vai fazer? Você não vai lá embaixo, né? – disse Fernando levantando espantado de sua carteira, o olhar preocupado. – Eles estão em maior número. Você acha que vai ser capaz mesmo de enfrentá-lo?

– Ele disse que a luta seria apenas entre nós dois – murmurou Chico.

– E você, por um acaso, realmente acredita nisso? – indagou Fernando de maneira sagaz. – É óbvio que você vai enfrentar os três ao mesmo tempo.

– Bem...

– Chico! – disse Ana Maria, erguendo-se do fundo da sala, o olhar apreensivo. – Eu sei que a gente se conhece há tão pouco tempo, mas... Por favor, não vá lá fora! Eu não quero ver você machucado... Você... não precisa tentar ser um herói.

O rapaz transferido emudeceu por uns instantes. Naquele mundo de pessoas com superpoderes, aonde será que poderiam estar os heróis? Será que ninguém tinha coragem de costurar uma fantasia e sair por aí salvando os que correm perigo? Porque poderes especiais não faltavam.

A voz amplificada de Anderson voltou a falar:

— Você tem exatamente um minuto pra decidir. E que fique sabendo, agora temos três reféns!

— Ele tá falando a verdade! — exclamou uma menina que olhava pela janela.

— Será que isso vai se tornar uma chacina escolar? — alguém conjecturou.

— Esse Anderson vai é ser expulso depois dessa! — sentenciou outro janelar espectador.

Chico rangeu os dentes e trincou sua mão. Ele entendeu o que faltava: coragem, empatia e poder de verdadeiramente ser capaz de se importar com os outros.

— Amigos, me desculpem — ele disse virando-se para Fernando e Ana — mas eu não sou assim, eu não posso ignorar. Não é questão d'eu querer ser um herói, ainda mais quando eu sei que esse tal de Anderson não passa de um grande babaca que parece que toma bomba pra inflar o ego ao invés do corpo. O que ele está fazendo não é certo. Pôr a vida de inocentes em risco porque ele não consegue lidar com o fato de que existe alguém mais forte do que ele? Por favor, eu posso muito bem dar conta dos três, se for o caso. E não se preocupem. Tudo vai ficar bem. E esse Anderson realmente tá merecendo umas aulas particulares, já que bolou a de hoje pra arrumar briguinhas...

— Você vai mesmo lá embaixo? — perguntou um estupefato colega de Chico.

Sem meias palavras, Chico confirmou:

— Vou! — e em seguida disparou em direção à janela quebrada, saltando por ela e caindo no pátio suavemente. Uma sensação de déjà-vu tomou conta de Chico. Ele notou que era a segunda vez que ele pulava de uma janela para ir de encontro a uma batalha.

Anderson abriu um sorriso de canto de boca.

– Quem diria! Eu realmente não esperava que você fosse descer pro *play* de fato. Achei que esses pobres alunos aqui fossem ter mesmo que perder suas miseráveis e patéticas vidinhas...

– Solte-os agora mesmo! – ordenou Chico, a voz altiva.

– Quê? Quem você acha que você é seu baianinho de merda? – reclamou Anderson. – É, eu sei bem que você é um baianinho qualquer, ok? Então, não venha querer dar uma de defensor da justiça. Preste atenção. Sou eu quem faz as regras aqui. Então, você vai fazer exatamente o que eu disser.

– Espera um pouco – disse Chico incredulamente, levando a palma da mão direita na testa. – Você também tem preconceito contra nordestinos, cara?

Anderson começou a rir.

– E o seu povo, por um acaso, serve para alguma coisa? São tudo um bando de folgados que não fazem nada senão atrasar o país. É ou não é?

– Em plena metade do século XXI, e ainda existe gente como você? – comentou Chico. – Eu realmente espero que você esteja preparado, porque eu vou fazer você engolir essas suas palavras aí de um jeito que você não vai nunca mais querer se lembrar de como aconteceu.

– Ah, muito bem. – disse Anderson sorrindo. – Agora sim estou vendo um pouco de masculinidade em você, seu marronzinho de bosta.

– Solte esses alunos! – comandou Chico.

– Eu vou soltá-los, mas não porque você mandou. E sim porque eu não quero você reclamando depois que perdeu porque se conteve para não feri-los... e blá, blá, blá...

E no momento seguinte, Anderson e seus comparsas libertaram os três reféns, e os dois garotos e a garota correram para a escada mais próxima e desapareceram. As poucas pessoas que ainda continuavam no pátio permaneciam atrás das mesas ou haviam entrado na cantina. Os bancos estavam vazios, a árvore artificial que normalmente podia ser observada contendo alguns pássaros que cantarolavam despreocupados também parecia sem vida. O pátio tinha 25 metros de comprimento contando com a área das mesas do refeitório, e nove de largura. Chico estava a uma distância de mais ou menos 12 metros de Anderson e seus companheiros. A atmosfera era de expectativa. Todos que os observavam queriam saber o que iria acontecer.

– Antes de começarmos – Anderson falou – diga-me, baianinho, você por um acaso estaria pensando em participar das Olimpíadas Paranormais este ano?

– Hein? O que isso tem a ver? Eu realmente nem lembrava que elas existiam.

– Ahhhnn? Como não? – revoltou-se Anderson – Que espécie de paranormal você diz ser? A olimpíada paranormal é o evento mais importante no mundo! Só porque acontece a cada dez anos não significa que você possa se dar ao luxo de esquecer, moleque.

– Ok. – respondeu Chico desinteressado. – Por um acaso você vai participar?

– Não é assim tão fácil. – disse Anderson. – Primeiro é necessário vencer na competição nacional, que obviamente é sempre sediada aqui, só que... vamos ser honestos. Você não tem o físico para participar, não tem chances de vencer. Então, eu quero lhe fazer este favor de impossibilitar que você sequer tente entrar na competição. O que acha da minha proposta? – ele sorriu confiante.

– E como você pretende me impossibilitar da tentar entrar nessa competição aí? – arguiu provocativamente Chico.

– Assim. – e o musculoso rapaz, então, partiu como um touro enlouquecido para cima de Chico.

Por outro lado, Chico já imaginava que Anderson fosse agir daquela maneira impulsiva, e por isso já havia se preparado para revidar da mesma maneira que havia feito da primeira vez que eles haviam se confrontando: deslocando o ar ao seu redor a uma velocidade elevada. E o rapaz transferido quase obteve a vitória instantânea, porém, como não poderia ser tão fácil assim, meio segundo antes de conseguir completar o movimento com seu braço direito, viu seus braços imobilizados pela comparsa de Anderson que, inacreditavelmente, surgira por detrás dele sem que ele tivesse sequer chegado perto de perceber. Como aquilo poderia ser possível? E antes de conseguir entender o que havia ocorrido, um impiedoso e desagradável soco afundou em sua barriga e o mandou voando mais de dez metros para trás, adentrando a área coberta do refeitório e só parando ao se chocar contra o caixa, que era feito de aço. Um som metálico tal qual um sino ecoou do impacto.

Estranhamente, a comparsa de Anderson, que devia estar atrás dele e por sua vez sido esmagada, havia evaporado. O resto dos alunos, mais os funcionários da própria cantina que se escondiam atrás do caixa, após terem sido testemunhas daquela horrenda e desumana cena, saíram correndo desesperadamente até a escada mais próxima. Aquela situação havia se tornado realmente calamitosa.

Chico sentia como se todos os ossos de seu corpo tivessem se quebrado e, por mais que isso não tivesse acontecido de fato, a sensação de dor era incomensurável, indescritível, algo que ele jamais havia sentido.

– O quê? – exclamou Anderson em tom de deboche. – Já foi assim, tão rápido? Não deu nem pra eu brincar direito...

– Cale a boca! – Chico berrou enfurecido. Seus dedos tentavam segurar o chão. O garoto começou a se erguer debilitadamente. Ele arfava, sentia uma inconveniente vontade de vomitar, sangue escorria de seu nariz.

– Quem diria, hã? Estou impressionado. – comentou Anderson. – Uma pessoa normal teria quebrado todos os ossos do corpo depois dessa, ou melhor, uma pessoa normal teria morrido mesmo. Como você conseguiu sobreviver, baianinho?

– Você sabe... que eu não sou uma pessoa normal... – titubeou Chico. – Eu sei... me virar.

O que havia acontecido foi que seu corpo instintivamente comprimiu o ar ao redor e o concentrou como uma almofada para amortecer o impacto, e isto quando estava a menos de dez centímetros do baque, ou seja, em uma fração de milésimos.

– Muito bem – disse Anderson. – espero que você esteja pronto, pois eu não vou mais me segurar.

– Você... estava se segurando? – Chico espantou-se.

E Anderson, mais uma vez, disparou para cima de Chico. O rapaz transferido, mal conseguindo se manter em pé, pensou em tentar se defender, entretanto, imediatamente lembrou-se do que acontecera em sua última tentativa e com isso mudou de ideia. Como um bravo toureiro pouco antes de ser atingido por um touro, Chico pulou para a esquerda o mais longe que o seu físico naquele estado permitia. O braço de Anderson atravessou o caixa como se fosse uma lança de titânio, e ficou preso. Um enorme estrondo ressoou. Caindo de mau jeito, Chico tentou mais uma vez se levantar para observar o que havia acontecido.

– Ops! Acho que você deu azar – disse uma voz feminina. O rapaz transferido virou-se bruscamente para trás e viu, sem conseguir acreditar. Era a comparsa de Anderson! Aquilo não era possível! De onde ela havia aparecido? E antes que ele tivesse a chance de tomar qualquer ação, um poderoso chute o acertou bem no canto direito do rosto e o arrastou dois metros pelo chão. Chico já não estava mais entendendo nada. Segundos depois, ao abrir os olhos e olhar para frente, a menina o que havia atacado já não estava mais lá.

– O que... está havendo? – ele murmurou do chão, o torso curvado sob o apoio dos cotovelos, e ao virar-se para trás, espantou-se ao observar que a garota ainda continuava lá, na posição inicial, ao lado de seu gigantesco comparsa. Era como se ela nunca sequer tivesse dado um passo à frente. Havia alguma coisa de muito errado. E a situação só se complicava. Um barulho metálico soou repentinamente.

– Ah... Finalmente! – disse Anderson após conseguir desentalar seu braço. – E então, podemos continuar nossa dancinha? – ele tornou-se para seu adversário sorrindo diabolicamente. Meio segundo depois, rugiu como um animal selvagem e, mais uma vez, saiu em disparada para esmagar Chico com seu soco.

O estudante transferido concluiu, nos três segundos de raciocínio que teve disponível que, mais uma vez, o melhor que ele podia fazer era desviar do soco de Anderson e, assim, ele o fez. Esgotando todo o resto de energia que ainda possuía, Chico fortuitamente rolou seu corpo para o lado um metro antes do braço daquele colossal paranormal afundar no solo e novamente ficar preso. Pequenos destroços e poeira foram arremessados por todos os lados, tamanha a força que aquele ataque suscitara.

Estremecido e exausto encontrava-se Chico. Ele não fazia a menor ideia de como aquela situação havia se agravado tanto. Suas forças estavam quase esvaídas. Em sua mente, um dilema o perturbava: elevar a utilização dos seus poderes e possivelmente arriscar causar mais danos à faculdade, ou não? Chico precisaria ser bastante astuto para enfrentar aqueles adversários dentro de uma instituição de ensino, principalmente quando se levava em consideração que havia centenas de alunos nos andares de cima. Ele precisava fazer algo, e ficar se esquivando definitivamente não era o melhor jeito de levar aquilo adiante. Era hora de partir para a ofensiva.

Extraindo forças sem saber de onde, Chico foi se levantando aos poucos. Anderson ainda digladiava com seu braço cravado no solo. Era, a oportunidade perfeita para agir. Rapidamente, voltou sua atenção para os comparsas de seu adversário. O rapaz transferido sabia o que tinha que fazer para tornar aquela batalha justa. Ele tinha que derrotar aquela menina, pois ela inexplicavelmente parecia conseguir interferir em sua luta sem sair do lugar. Era isto, ou ele havia começado a endoidecer. O grandalhão e a menina pareciam ter ficado meio acuados ao verem que Chico os fitava com um olhar feio. A garota fechou sua mão e cerrou seus olhos.

Em seguida, dentro do curto espaço de tempo no qual Chico piscou seus olhos involuntariamente como todo ser humano faz, antes mesmo de dar o primeiro passo para iniciar seu ataque, o grandalhão havia se materializado na sua frente, já com o braço engatado para socá-lo. Dois segundos foi o tempo que Chico teve para processar o que estava prestes a acontecer. Ele não iria ser capaz de se esquivar de um ataque tão próximo e, levando isto em conta, ele desesperadamente recorreu à única medida que podia tomar. Um segundo antes que fosse ser estraçalhado, abrupta e desengonçadamente, estendeu seu braço e deslocou todo o ar a sua volta em uma velocidade descomunal. O grandalhão, para a surpresa de Chico, não foi arremessado para longe como uma pessoa normal teria sido. O que aconteceu, na realidade, foi inesperado: o grandalhão desintegrou-se como uma imagem holográfica que acabava de ser desligada.

– O... o quê? – gaguejou Chico, pasmo.

E foi então, que em um lampejo de lógica, ele finalmente compreendeu o que estava acontecendo. Todas as movimentações impossíveis dos comparsas de Anderson, que pareciam ser capazes de se mover na velocidade da luz e aparecer nos lugares mais apropriados sem que ele notasse qualquer aproximação, na verdade não passavam dos feitos de ardilosos *doppelgangers*. Um *doppelganger* é basicamente a mesma coisa que um clone que um paranormal cria de si mesmo ou de outra pessoa, e materializa em algum lugar. O nível de habilidade paranormal faz com que três características variem: a quantidade de clones que conseguem produzir, aonde conseguem materializá-los e a resistência que os clones possuem a ataques. Em níveis mais baixos, os clones só podem ser feitos dentro do campo de visão do usuário; e em mais altos, poderiam ser feitos em qualquer lugar que o usuário lembrasse detalhadamente de como era sem contar que em níveis baixos a resistência de um *doppelganger* era praticamente nula. Um contato mais ríspido com o mundo físico e ele desaparecia. Uma habilidade muito interessante e rara.

Mais adiante, os dois comparsas de Anderson continuavam no mesmo exato local no qual haviam estado desde o começo da luta, porém, agora pareciam atônitos diante do que tinham acabado de ver. Eles, definitivamente, não esperavam aquela reviravolta.

A menina deu uma rápida checada no estado de Anderson, e o viu ainda com dificuldades para desprender seu braço do chão. Por um segundo pensou em mandar seu comparsa ir ajudá-lo, mas imediatamente descartou a ideia. A prioridade era Chico, que agora muito provavelmente havia descoberto a tática deles.

Quem diria que no final das contas tudo não passava de um truque barato que poderia ser desfeito com um simples toque? Um simples toque de realidade?

O rapaz transferido elevou sua cabeça alguns centímetros e, impetuosa e provocativamente, sorriu para os dois companheiros de Anderson. Eles entenderam o recado e, meio segundo depois, dispararam enfurecidos em sua direção. O rapaz transferido concomitantemente também se viu disparando contra eles quase que por instinto. Mais ou menos 15 metros era a distância que os separava inicialmente. Três segundos era o tempo que eles levariam para se encontrar. E neste curto espaço de tempo, Chico definiu seu curso de ação.

Um metro antes de o rapaz transferido quase ser atropelado como um pedestre em uma movimentada avenida na hora de pico, ele direcionou seu braço para baixo e fez com que todo o ar nos arredores se deslocasse tão rapidamente em direção ao solo que uma moderada explosão de vento foi criada, fazendo-o voar temporariamente e de raspão, antes de sair pela área descoberta do pátio e quase bater a cabeça no teto da área da cantina. No chão, o grandalhão havia perdido seu equilíbrio e caído desajeitadamente após a inesperada manobra de seu adversário. Sua comparsa, por outro lado, curiosamente desintegrara-se, revelando-se mais um *doppelganger*, exatamente como Chico previra que aconteceria.

Nos poucos segundos que o rapaz transferido ainda ficou no ar, ele localizou a mais ou menos quatro metros de distância a comparsa de Anderson, observando-se completamente boquiaberta e sem reação perante o que tinha acabado de ocorrer. Raciocinando rapidamente, Chico resolveu testar um novo movimento. Desdobrando seu corpo no ar como um ginasta profissional, ele então conseguiu replicar a habilidade dos gatos e cair em pé, com os dois pés juntos no chão, fazendo com que o pequeno ar deslocado pelo seu impacto tivesse sua velocidade exageradamente incrementada. O resultado disso, é claro, foi que a comparsa de Anderson, por ser uma garota e pesar tão pouco, acabou sendo lançada pela corrente de vento violentamente contra uma parede, batendo a cabeça e perdendo momentaneamente a consciência.

Tão poucos segundos foram necessários para que tudo aquilo acontecesse, e agora Chico se via na vantagem e com sua confiança reconstruída. Pelas janelas dos andares de cima, olhares ávidos por mais ação assistiam atentamente àquele duelo.

Subitamente, um grito pavoroso e enlouquecido soou. O rapaz transferido virou-se rapidamente para trás e viu que Anderson tinha acabado de retirar seu braço do solo. Era agora. Sem qualquer delonga, o musculoso antagonista já foi emplacando uma irascível investida. Os olhos avermelhados denotavam claramente que sua loucura havia alçado níveis inéditos. Ele não conseguia mais raciocinar, e muito provavelmente não era capaz de pronunciar palavras dado tamanha raiva que o consumia.

Chico, no entanto, não tinha mais o que temer, e assim, sem hesitar, estirou seu braço como já havia feito inúmeras vezes antes e deslocou todo ar ao seu redor contra Anderson, propulsando-o para trás tão intensamente que ele só parou de voar ao acertar uma parede. O som do baque parecia ter reverberado lentamente. A atmosfera entrou em estado de suspensão de emoções. Os espectadores, completamente emudecidos, esbugalharam seus olhos. Chico, involuntariamente permitiu que suas pálpebras se fechassem, a exaustão em seu corpo havia alcançado um nível crítico. Sentiu sua audição se perder por alguns segundos, como se todos os sons fossem abafados por um zumbido agudo que não parava de crescer. Ele respirou fundo. Sua vontade era a de deixar o corpo cair no chão e torcer para que alguém viesse carregá-lo. Mas resolveu se segurar e, fazendo um pequeno esforço, reabriu os olhos.

A visão do garoto estava completamente obstruída, e antes que ele fosse capaz de identificar o que era exatamente aquilo tudo na sua frente, ambos os seus braços foram agarrados por duas enormes e indelicadas mãos, que o ergueram no ar e o esticaram como se ele fosse um pano qualquer, até a altura de um rosto, o rosto do comparsa de Anderson, que o olhava sorrindo maleficamente. O zumbido que ensurdecia o rapaz transferido finalmente cessou.

– Surpreso? – disse aquele jovem superdesenvolvido com uma voz grave e rouca.

Chico o olhava de volta, completamente sem expressão. Agora sim, definitivamente esse seria o fim. Ele não tinha mais forças para conseguir atacar com os seus braços imobilizados, suas energias estavam exauridas. Aquele marmanjo de quase três metros de altura, com um corpo que parecia uma montanha, faria completo picadinho dele. Esmagaria-o feito uma latinha de refrigerante. E mesmo que Chico quisesse usar todo seu poder agora, ele não poderia. O estado no qual seu corpo se encontrava não o permitiria. Esse fim não podia ser pior.

– Chefe! – disse o grandalhão, virando-se para trás com Chico em sua possessão e totalmente imobilizado. – Olha só o que eu tenho nas mãos.

Levantando-se um pouco cambaleante devido ao baque que havia levado contra a parede, Anderson sorriu, exibindo alguns buracos na sua arcada dentária, ao ver que seu comparsa havia capturado Chico.

– Ahhh... Seu danado! – ele falou em um tom alegre. – Bom trabalho, Tião. Eu sabia que você era bem melhor que a Letícia. Afinal de contas, força física é o que sempre faz a diferença no final.

Ele começou a andar em direção a Chico e Tião, vacilando um pouco no passo.

– Chico – continuou. – Devo admitir que você – tossiu – foi realmente um bom adversário. Mas, agora, você vai sentir o peso de um ônibus. Seu verme do nordeste. Faça suas preces.

O rapaz transferido agora encarava aquela situação com naturalidade e desapego. Não lhe restavam esperanças. Ele estava só. Todos tinham medo de se meter e acabar saindo ferido. Nem mesmo os professores, que só exerciam qualquer autoridade porque eram os detentores da sabedoria; muitos deles mesmo nem tinham qualquer poder. E os poucos que tinham, não passavam de classe E. Os alunos da sala de Chico, que deveriam ser a maior esperança do garoto, pareciam quase todos intimidados. Havia alguns poucos que apesar de não se mostrarem com medo, ao mesmo tempo não pareciam dar a mínima para o que poderia acontecer com o colega deles. Ana, por outro lado, assistia a tudo completamente impotente. Lágrimas escorriam de seu rosto; ela quis gritar, mas as palavras entalaram em sua garganta.

Era provável que depois de toda esta confusão alguém já tivesse ligado para a polícia, mas até que as autoridades chegassem, Chico já teria virado história.

Parando a pouco mais de 50 centímetros de distância de Chico, Anderson disse:

– Verme. Gostaria de dizer suas últimas palavras?

Chico pensou por alguns instantes e concluiu que as últimas palavras não importavam. Não eram as últimas palavras que fariam do mundo um lugar melhor, e não eram as últimas palavras que iriam salvá-lo da morte. Se ele quisesse ser lembrado, talvez as últimas palavras o ajudassem nisso, mas, de novo, qual era a importância de ser lembrado? E, por fim, o rapaz transferido balbuciou:

– Nunca... consegui entender... como se usa a crase.

– Quê? – exclamou Anderson sem conseguir entender.

– Três pratlos... – continuou Chico indefinidamente – de trigo, para tlês... trigos... tigres. Droga... he, he...

No instante seguinte, resolvendo ignorar as bobagens sem sentido que Chico começara a murmurar, Anderson recuou seu braço se preparando para dar o soco mais forte que possivelmente daria em sua vida. Alterando a massa de seu corpo para pesar tanto quanto a de um ônibus, fixou seus olhos no alvo e, como um projétil de estilingue que já havia sido tensionado o suficiente, o braço de Anderson começou enfim a avançar em direção a Chico, em uma trajetória que levaria 16 avos de segundo. Contudo, o desfecho óbvio daquela situação não se deu da forma como presumivelmente acabaria dando.

No exato instante em que o soco de Anderson começou a se mover, Tião gritou inexplicavelmente, largando Chico, que imediatamente foi sendo puxado ao chão pela força da gravidade. Raspando pelo cabelo de Chico enquanto este caía, o irreversível soco de Anderson mudou seu alvo para o torso de Tião que, ao ser atingido, fez o comparsa de três metros de altura sair voando tão rápido que acabou atravessando uma parede e parando dentro de uma sala que, por sorte, estava vazia. Anderson ficou paralisado em total perplexidade. Que raios sucedera?

– O baianinho tá aqui – disse subitamente a voz de Chico vinda do chão.

O grandalhão se virou para baixo esbugalhando os olhos e, sem tempo de conseguir reagir, foi projetado para cima até alcançar uma altura de 20 metros, pelo último ataque que Chico foi capaz de produzir. Anderson bateu com as costas no chão, a dois metros do rapaz transferido. Chico desmaiou.

# # #

Por volta das 2h da tarde, de volta ao apartamento de sua prima, Chico, por fim, começou a despertar. Estirado no sofá, abriu os olhos um tanto desorientado, e viu que sua prima, Ana e Fernando estavam todos sentados a sua volta, olhando para ele com expressões de preocupação.

– Gente? – disse a voz enfraquecida de Chico.

E antes de conseguir dizer qualquer outra coisa, Ana e Fernando já foram pulando em cima do coitado, abraçando-o em comemoração por ele ter saído daquela vivo. Elis se contentou em observar a cena, com um sorriso terno nos lábios.

Vinte minutos depois de Chico ter explicado com detalhes para sua prima tudo o que havia acontecido, e também para Ana, que não sabia do primeiro desentendimento que havia ocorrido entre ele e Anderson logo no primeiro dia de aula, e deles também terem lhe contado que a polícia havia chegado cinco minutos depois que ele desmaiara e levado Anderson e seus comparsas apreendidos, muito provavelmente apenas pela noite, ele por fim trouxe à tona uma dúvida.

– Sabem, – ele disse – bem no finzinho, o tal do Tião me largou do nada, e só por isso eu sobrevive. Eu realmente queria entender qual foi o motivo.

Ana olhou risonha para Fernando.

– Pode me agradecer, amigo – disse Fernando, soando orgulhosamente.

Chico abriu a boca sem conseguir acreditar.

– Foi... você?

– Sim. – ele confirmou, começando a explicar. – Quando eu percebi que a situação já estava começando a ficar um pouco séria demais, eu sai discretamente da sala e fui ficar mais próximo do pátio. Fiquei algum tempo parado na escada, atrás dos colegas do Anderson, e bem quando eu vi que você ia ser acertado por aquele brutamontes, eu resolvi entrar em ação e joguei uma bola de fogo nas costas do grandalhão, e por isso ele te largou... Não sou demais?

– Cara... Você me salvou! – disse Chico, com a voz levemente embargada. – Meu... não sei nem o que dizer... Sério, vou ficar te devendo uma eternamente.

– Que isso, cara. Deixa de bobagem. Eu não poderia deixar um amigo sofrer daquele jeito sem ao menos tentar ajudá-lo. É o mínimo.

Chico emocionou-se. Emocionou-se por ter pensado que ninguém iria se arriscar para ajudá-lo, e no derradeiro instante ser surpreendido dessa forma.

– Chico – disse Ana, abaixando-se na sua frente. – Vou te dizer o que minha mãe sempre me diz: "As flores de um jardim só precisam ser regadas uma primeira vez para que você veja o quão belas elas são. E isso também vale para as amizades." – ela então se levantou sorrindo amigavelmente para ele, e se dirigiu até a janela para se distrair um pouco.

Chico não soube o que lhe responder.

Horas mais tarde, depois que todos já haviam ido embora e sua prima já havia ido para cama, ele ainda continuava deitado no sofá, pensando nas palavras da garota.

CAPÍTULO #6

Um encontro inesperado

No domingo, depois de já ter se recuperado quase completamente do enfrentamento com Anderson, Chico resolveu dar uma saída com Fernando e Susana, e desta vez eles iriam levá-lo para conhecer a parte mais agitada da zona comercial na qual eles residiam. O lugar onde 50% de todo o comércio se concentrava, o centro.

O rapaz transferido já estava preparado, pois no dia anterior, sábado, ele havia finalmente recebido seu cartão de crédito do banco (apesar de a maior parte das pessoas usarem a função que transformava seus celulares-*slim* em cartões de crédito digitais automaticamente, conectando-as às suas contas no banco, o que explicava o fato dos bancos serem tão burocráticos para enviarem cartões de verdade). E claro que o dinheiro que sua família começaria a depositar todo mês seria baseado na premissa de que ele iria gastar sabiamente, e Chico tinha isto em mente.

No entanto, como era a primeira vez que estava indo para o centro, ele havia decidido que se encontrasse algo realmente interessante, no quesito traquitanas-tecnológicas-eletrônicas, ele não hesitaria em comprar. Ainda mais quando se lembrava do fato de que, em comparação com todas as pessoas que ele conhecia na cidade, ele, definitivamente, parecia um homem das cavernas por ser tão alheio à tecnologia.

Por volta das três da tarde, por sorte, fazia sombra por quase toda parte. Não estava calor. No céu só se viam nuvens. Não havia hora melhor para ir até o centro, afinal de contas, já estaria quente o suficiente com todas aquelas pessoas andando de um lado para outro compulsivamente querendo comprar coisas, e se o sol resolvesse fazer-se presente durante todo o tempo, seria o verdadeiro inferno.

A pouco mais de um quilômetro de lá, em um trólebus qualquer, encontravam-se Chico, Fernando e Susana. Susana, sentada em um assento solitário no fundo do veículo; Chico e Fernando de pé, ao lado dela.

– Odeio andar de trólebus – comentou Fernando após um solavanco e uma virada brusca executada pelo motorista.

– Em pé é ruim mesmo – disse Susana. – Mas sentado não é tão mal. Arrisco a dizer até que seja meio confortável.

– Você tá brincando, não é?

– Olha, eu concordo com a Susana. – intrometeu-se Chico. – Porque, veja, há uns 30 e poucos anos, o transporte público não tinha esse conforto todo que tem hoje, *wi-fi*, telas *touchscreen* embutidas atrás dos assentos para assistir à TV, ar-condicionado. E era preciso pagar com dinheiro ou usar uma carteirinha específica. Hoje não. Hoje nós usufruímos de um transporte gratuito, que só requer a nossa identidade. Ah! Isso sem contar que agora é obrigatório que os assentos venham todos imbuídos de cintos de segurança.

– Certo... E como você sabe disso tudo? – questionou Fernando.

– Eu li na internet.

– Não acredite em tudo que lê na internet.

– Mas é verdade!

– Fê, sério... – disse Susana. – Pare de reclamar.

– Afê...

E os três inexplicavelmente começaram a rir.

# # #

Alguns minutos depois, em meio a um moderado trânsito, eles chegavam ao seu destino. O trólebus ia parar na rua de frente a uma praça, o que, naquela parte da cidade, existia aos montes.

Ao descer do trólebus, Chico parou e começou a observar ao seu redor. Havia um infindável número de lojas e estabelecimentos comerciais por toda parte. Desde lojas de móveis, eletrônicos, brinquedos e roupas, até minimercados e lanchonetes. Ele também notou uma antiga catedral católica extremamente bem conservada em um quarteirão mais adiante; na quadra do lado, um prédio que parecia ser do governo e que continha as siglas IEMI inscritas nele. Ele não sabia o que a sigla significava, o que o deixou um pouco intrigado.

Na praça propriamente dita, havia árvores, uma estradinha para as pessoas andarem por dentro dela, um chafariz no centro e algumas barraquinhas vendendo comida na calçada. Nada de extraordinário. Talvez a única coisa que diferenciasse aquela praça das tradicionais era o fato de que algumas dessas árvores eram artificiais, sendo responsáveis não só apenas pela manutenção do ar, como também pela disponibilização de sinal *wi-fi* dentro de um raio de um quilômetro.

– Até que não é tão longe da faculdade – disse Chico. – Na realidade, acho que dava pra eu ter vindo aqui a pé.

– Iria demorar um pouco, mas de fato só ficou meio longe porque a gente veio da casa do Fernando – comentou Susana.

– É verdade. Pô, Fê, por que você tinha que morar lá de frente à praia? Não faz sentido para alguém que diz ter hidrofobia.

– Cara... – disse Fernando calmamente, pondo sua mão no ombro dele – Não questione meus motivos, ok? Há certas coisas que eu prefiro não falar sobre.

Chico fez cara de estranheza frente à maneira como seu amigo havia falado, resolvendo não tocar mais no assunto.

– Tá certo...

– Mas, então, bora lá pessoal? – sugeriu Fernando logo em seguida.

– Vamos! – disse Susana, tomando a dianteira.

Os dois, então, foram seguindo atrás dela.

Havia muita coisa que Chico ainda queria ver no centro, e quem sabe até se dispor a comprar. Seus amigos, por outro lado, pareciam estar totalmente calejados com toda aquela agitação de pessoas falando alto, oferecendo serviços e produtos duvidosos no meio da rua; de toda aquela gente andando apressada para lá e para cá; o trânsito lento, enfeitado de buzinas nervosas e um zumbidinho irritante que os carros flutuantes faziam. Para eles, era tudo normal. E não que na sua cidade natal não houvesse agitação no centro, mas como agora ele estava em Nova Brasília, a agitação era diferente. Mesmo que ele não soubesse explicar como.

Indo atrás de seus amigos sem ter qualquer noção de para onde eles o estavam levando, Chico de repente viu-se passando na frente daquele prédio, que parecia ser do governo, com a sigla estranha inscrita em seu topo. Não conseguindo tolher sua curiosidade, imediatamente se viu perguntando enquanto andavam:

– Gente... E que prédio exatamente é esse?

– É do governo – respondeu Fernando apressado, sem dar qualquer importância para aquilo.

– Você nunca ouviu falar no IEMI, Chico? – perguntou Susana, agora andando ao lado do rapaz.

– Não faço a menor ideia do que seja. – admitiu Chico.

– Eles que são responsáveis por ajudar a desenvolver a nós, paranormais, aqui em Nova Brasília. – explicou Susana simploriamente.

Os três pararam na esquina para esperar o sinal abrir.

– Mas espera aí. Como assim? O que eles fazem? – quis saber Chico.

– Eles coletam nossas informações. – disse Fernando rispidamente. – E, baseados nos nossos dados, elaboram e traçam o nosso crescimento e aproveitamento. E até aonde eu sei, dependendo de quem eles forem, podem até elaborar um método específico para ajudar o paranormal.

– Nossa, Fê. Falando assim até parece que somos bois ou alguma espécie de experimento secreto do governo. – comentou Susana. – Credo!

– Ah, Su, eu prefiro ir direto ao ponto.

– Interessante – observou Chico. – E como exatamente eles coletam nossas informações?

– Bem, pelo que eu ouvi falar, – disse Fernando – eles aparentemente têm um banco de dados com as informações de todos os paranormais do Brasil, mas os métodos que eles usam para nos descobrir e nos estudar eu realmente não sei te dizer.

– E existem muitos rumores a respeito disso. – lembrou Susana.

– Que tipo de rumores? – perguntou Chico.

– A maior parte é tudo teoria conspiratória envolvendo extraterrestres etc., então, eu nem levo a sério.

– Hum...

– Mas também, – continuou Fernando revoltando-se levemente – se o governo revelasse o método como eles fazem isso, as pessoas não sairiam por aí criando histórias malucas sem pé nem cabeça. A culpa é toda deles por manterem tanto sigilo desnecessário. Pô! Custa dar uma explicação simples do tipo: "Pegamos um fio do cabelo de vocês, analisamos o DNA e depois fazemos nossas projeções". Custa? Acho que não.

O rapaz transferido não fazia a menor ideia do que pensar a respeito daquilo, contudo, repentinamente viu-se despertado por outra curiosidade.

– Agora que eu me toquei! Você é uma paranormal também, né, Susana? – ele disse.

– Sim, sou.

– E qual o seu poder mesmo?

A garota começou a dar risadinhas.

– Bem, já que você não sabe, por enquanto vai continuar sendo um mistério, ok?

– Afê...

Alguns segundos depois, o sinal abriu. Ao atravessarem para o outro lado, Chico passou ao lado de uma menina que vinha na direção contrária. O cabelo encaracolado e a franja alisada cobrindo o lado direito do rosto o fizeram sentir um pequeno déjà-vu.

# # #

Duas horas se passaram, e depois de extensas caminhadas por todo o centro da cidade, na qual Chico pôde observar uma mistura bastante curiosa de construções tombadas em meio a prédios novinhos, e visitar várias lojas, mesmo que não tenha comprado nada, era enfim, hora de ir embora. Ou melhor, Fernando e Susana disseram a Chico que teriam que ir embora naquela hora, pois ambos tinham compromissos mais à noite e precisavam chegar em suas casas cedo.

De volta à praça na qual o ônibus os havia deixado, o rapaz transferido despedia-se de seus amigos, lamentando que eles não pudessem ficar mais.

– Se cuida, Chico! – disse Susana ao subir no primeiro trólebus que passou.

– Até mais! – disse Fernando, indo logo atrás da garota. – E vê se não se perde por aí, viu?!

Chico acenou até o trólebus virar a esquina. No final das contas, mesmo depois de insistir moderadamente ao longo da tarde, Susana não lhe havia revelado sua habilidade. Chico detestava saber que alguém estava escondendo algo, por mais bobo que fosse o segredo.

De qualquer forma, isso não importava mais. Ele agora estava sozinho no meio da agitação do centro, livre e desimpedido para ir aonde ele quisesse ir, inclusive voltar para o apartamento de sua prima. No entanto, não era isto o que ele queria fazer. Ele estava com a inquietante vontade de "se perder" um pouquinho.

Talvez, lá no fundo, todo mundo sentisse vontade de se perder em uma cidade grande tal qual uma criança que não sabe aonde está sua mãe. Talvez, apenas talvez... Bobagem, Chico era uma paranormal classe A, o tipo de pessoa que podia muito bem se virar sozinha e, justamente por isso, não sabia o que era sentir medo de não saber aonde estava. Era mais provável que o que ele sentia não passasse de uma simples manifestação de rebeldia interior de um jovem idealista que nele só existia o reflexo. Chico não entendia muito de política e nem nutria qualquer sentimento exacerbado de revolta por algo. Claro que também havia o fato de que o idealismo, de certa forma, não era uma coisa muito comum entre as pessoas que viviam em um país que passava a imagem de ser tão justo e livre quanto o era o Brasil daquele fim de verão do ano de 2052. Mesmo que talvez não fosse o mais sábio botar a mão no fogo por isso.

Independente da motivação, Chico queria ir para algum lugar, fazer algo. Voltar para o apartamento de sua prima e não fazer nada de interessante até finalmente ir se deitar seria o mesmo que desperdiçar a oportunidade que lhe era agraciada naquele momento em que ele se encontrava no centro. No centro, caramba!

Repentinamente, perturbando o seu estado ensimesmado, começou a ouvir a conversa de duas pessoas que iam passando ao lado dele:

"Ei, sabe a TechnoMundo?".

"O que é que tem?".

"Parece que tá acontecendo alguma coisa lá!".

"Alguma coisa? Que tipo de coisa?".

"Não sei, mas me mandaram uma mensagem dizendo para eu ir pra lá porque tá foda. Vamos ver?".

"Ok".

TechnoMundo? Chico tinha a impressão de já ter passado por lá aquela tarde. Ficava a três quadras de onde ele estava. Como ele não tinha para onde ir mesmo, por que não?

# # #

O pequeno trajeto levaria no máximo uns 10 minutos.

Logo nos primeiros metros, Chico notou que algumas pessoas vinham correndo daquela direção, como se estivessem fugindo de algo; dali um minuto mais ou menos, observou outras fazendo o caminho inverso de maneira entusiasmada. Aquele comportamento não era exatamente típico. O rapaz transferido resolveu prestar atenção no que essas pessoas comentavam ao passarem por ele. Três minutos depois, tudo que ele conseguira captar foi que, o que quer que estivesse acontecendo mais à frente, era muito excitante e minimamente perigoso.

Pouco menos de 100 metros de seu destino, Chico começou a observar uma aglomeração de pessoas formando-se no final da rua. E também identificou dois carros que pareciam ser da polícia. Ele apertou os olhos para ver se conseguia enxergar melhor e aumentou um pouco o passo. Conforme se aproximava, a profusão de vozes vindas da multidão elevava-se cada vez mais confusamente. E foi, então, que, subitamente, ele ouviu um grito agudo de pavor. Seu coração disparou e ele correu os metros restantes.

Alcançando o local da ação, ele foi rapidamente se infiltrando e abrindo caminho no meio daquela gente. No final, deparou-se com uma faixa policial rodeando um perímetro de mais ou menos uns 15 metros. O que estavam todos observando, no entanto, não era alguma espécie de celebridade que viera dar autógrafos no estabelecimento, ou alguma promoção estapafúrdia. O foco da atenção eram as pessoas atrás da vitrine da loja, exibindo expressões de pavor. Algumas mais no fundo podiam ser vistas deitadas, com a cara para o chão. Uma figura masculina e outra feminina vestidas de preto e usando máscaras do Guy Fawkes, empunhando objetos que pareciam ser submetralhadoras, circulavam dentro do local livremente. Era, indubitavelmente, um assalto, e os que não assaltavam, eram os reféns.

O estabelecimento em si não chamava muita atenção por fora. Sua fachada alargava-se mais ou menos uns sete metros até culminar na esquina; duas vitrines que exibiam os produtos mais desejáveis aos consumidores e uma porta transparente as separando-as (que funcionava mediante uma maçaneta, e não automaticamente, por meio de sensores, como já havia se tornado o habitual), compunham-na. No topo, uma enorme placa vermelha se estendia, exibindo o seu nome em uma fonte amarela: TechnoMundo.

O interior do lugar era o que, de fato, chamava atenção, pois, apesar de não ser muito largo, era bastante comprido, provavelmente tendo quase uns 30 m. O caixa ficava logo após a entrada da frente, no canto direito. O resto da loja dividia-se entre prateleiras e estantes recheadas de todas as engenhocas tecnológicas mais modernas e excitantes.

Sentindo-se um pouco apreensivo, Chico notou que havia um policial a dois metros dele do outro lado da faixa.

– Com licença. – ele o chamou.

– Ahn? – o policial virou-se para Chico.

– Er... o senhor poderia me explicar o que está havendo aqui?

– É um assalto, garoto. – disse o policial rispidamente. – Aqueles dois estão tentando sair da loja com o dinheiro do caixa, mas não vão conseguir. Nós vamos libertar os reféns em breve e tudo vai ficar certo.

— Entendi... Os reféns são todos clientes da loja?
— Tem alguns funcionários.
— E por que eles estão usando máscaras do Guy Fawkes?
— Isso eu não sei bem te dizer, rapaz.

Contentando-se com as parcas informações adquiridas, Chico resolveu apenas observar o andamento da situação. Ele não sabia muito bem o que sentir: se excitação, se medo de que acontecesse algo com as pessoas, se raiva dos bandidos. Era a primeira vez que presenciava uma tentativa de assalto dessa magnitude.

Menos de um minuto depois, um policial cruzou toda a área do perímetro com um megafone em mãos e o entregou para o que estava ali perto de Chico. Evitando perda de tempo, ele já foi logo usando o aparelho:

— Muito bem, senhores. Agora podemos negociar amigavelmente! — a voz amplificada ressoou por toda parte. — O que vocês querem para libertar os reféns?

Dentro da loja viu-se a dupla de criminosos cochichando um no ouvido do outro. Alguns segundos depois de terem combinado qualquer coisa, a mulher da dupla foi até aonde estavam alguns reféns deitados no chão e escolheu uma garota aleatoriamente, fazendo-a se levantar enquanto a puxava pelo cabelo. Ao ficar de pé, a criminosa apontou sua submetralhadora para a cabeça da menina e a fez andar de cabeça baixa até a entrada da loja. Entreabrindo a porta cuidadosamente, sem cometer o descuido de mover a arma da nuca de sua refém, a criminosa gritou para que todos ouvissem:

— Nós vamos libertar alguns reféns, contanto que nos deem um carro zero bala e nos abram passagem... E não nos sigam!

— E se não fizermos o que vocês pedem? — desafiou o policial.

— Vocês têm meia hora. — sentenciou a mulher sem conseguir, no entanto, disfarçar seu tom de hesitação. — Se não fizerem o que estamos pedindo, começaremos a matança por essa garota aqui! – e bruscamente revelou o rosto da garota deslocando a arma da nuca para o queixo dela. A refém precipitava-se em choro. O rosto pálido e assustado.

Todos que estavam ali observando atemorizaram-se e, ao mesmo tempo, excitaram-se sedentos por ação: Privilegiadamente na primeira fila da multidão, Chico paralisara-se diante da infeliz surpresa de ter reconhecido o rosto da refém: ninguém mais, e ninguém menos, do que Ana Maria das Flores.

O rapaz transferido sentiu-se tomado pelo desespero, ele precisava fazer alguma coisa para ajudar sua amiga. Aquela situação não podia ficar unicamente nas mãos da polícia. Não agora que ele sabia que a vida de alguém que ele conhecia e gostava corria tamanho risco e ele, afinal de contas, tinha o poder para ajudar. Mas o que ele poderia fazer? Ele teria que ser discreto se não quisesse alarmar os criminosos e fazer com que eles tomassem alguma decisão estúpida e imprudente. Precisava de um plano de ação. Talvez os policiais até conseguissem ser capazes de lidar com aquilo sozinhos e serem bem-sucedidos sem causar nenhuma casualidade, mas Chico não iria conseguir ficar parado ali, apenas observando. Não era de seu feitio.

No instante seguinte, todos apreensivamente viram a criminosa retornar para dentro e empurrar Ana para onde estavam os outros reféns, jogando-a rudemente no chão e comandando para que voltasse a ficar deitada, olhando para baixo.

Chico não estava conseguindo se aguentar. Alguma coisa precisava ser feita urgentemente. Negociações demorariam. Sentia-se tomado pela impulsividade, uma dicotomia de sentimentos o atacava. De um lado, sabia muito bem que uma atitude irrefletida poderia pôr tudo a perder; por outro lado, sua vontade de fazer algo naquele mesmo instante pulsava encolerizada dentro de si. Trincou sua mão direita e viu sua respiração se tornar mais forte; sua visão enturveceu-se de ira.

Por um triz quase não pulou o perímetro e partiu enfurecido para dentro da loja para ir resolver aquela situação frente a frente com os criminosos, mas no último segundo seu bom-senso falou um pouco mais alto, e ele se conteve. Não era fácil, mas era o mais sensato.

Olhando em volta, Chico via a agitação dos policiais. Do outro lado do perímetro via um falando no aparelho celular parecendo meio angustiando, provavelmente tentando resolver os impasses da negociação. O rapaz decidiu mais uma vez trocar uma palavra com o policial:

– Ahn... Senhor policial.

– O que você quer, rapaz?

– Desculpe-me perturbá-lo novamente, mas vocês acham que vão demorar muito para resolver isso?

– Bem, acho que como você e todos aqui ouviram, nós temos meia hora.

– Mas vocês pretendem fazer do jeito que eles querem? Ou possuem um plano alternativo? – insistiu Chico.

O policial suspirou.

– Nós pensamos em invadir pelos fundos e surpreendê-los, mas encontramos dificuldades.

– Que tipo de dificuldades?

– A saída de emergência, que fica no final da loja, é espessa, feita de metal e só abre por dentro. Se a arrombássemos, provavelmente acabaríamos denunciando nossa presença e pondo a vida dos reféns em risco. Compreende?

– Obrigado, senhor. Era só isso.

Chico resolveu não mais importunar o pobre homem, que só queria fazer o seu trabalho da melhor maneira possível. A situação estava mais complicada do que ele havia pensado. Começou a raciocinar todas as mais prováveis possibilidades, por mais que o burburinho das pessoas o incomodasse um pouco. A primeira e mais óbvia conclusão que ele chegou foi a de que um ataque direto só acabaria botando tudo a perder, fosse a pé, ou usando seu poder. Pois se, por exemplo, ele lançasse sua esfera de ar contra a loja, por mais que os criminosos não fossem ter tempo para se defender ou ameaçar a vida de um refém como revés, o impacto do mesmo poderia acabar ferindo os reféns e causando danos ao estabelecimento. Um ataque direto a pé, no caso, seria o mesmo que pedir para que os criminosos começassem uma chacina ao ver um lunático correndo em direção a eles. Chico respirou fundo.

Pouco mais de 10 minutos haviam se passado e a situação continuava sem solução. O rapaz transferido não havia ainda conseguido pensar em nada, e a polícia sentia a pressão de ceder às exigências dos criminosos, que a cada cinco minutos vinham à porta para lembrar a todos do tempo que restava. O que fazer?

Aflito perante todo o aquele caso, Chico fechou os olhos e desesperadamente tentou achar a solução dentro de sua mente, como faziam os mestres e os sábios no mundo do cinema e da televisão. Caso não conseguisse, provavelmente acabaria enlouquecendo ali mesmo. O que ele não esperava foi que, poucos segundos depois de fechar os olhos, algo inexplicável começou a acontecer. Ele abriu os olhos assustado.

Uma estranha sensação havia tomado conta do corpo de Chico, e não só do dele, mas de todos os que estavam ali naquele perímetro, incluindo os criminosos e os reféns dentro da loja. Não era algo que podia ser explicado. Era algo externo, que estava atuando com uma força imensa. Nada mudara no ambiente, nenhum som diferente podia ser ouvido. A descrição mais aproximada era a de estar sendo esmagado aos poucos pelo pé de um gigante. Ninguém sabia o que estava acontecendo. Comentários de perplexidade começaram a soar. Ninguém entendia nada e, aos poucos, todos estavam na área foram, contra a própria vontade, sendo puxados para o chão; primeiro, tentando fugir do local; depois, caindo e tentando se sustentar com o apoio dos braços e dos joelhos; e, por fim, cedendo e se deitando, não suportando a enorme força que incapacitava ficarem de pé. Parecia que um gigante invisível esmagava todos com seus enormes pés.

Dentro da loja, os reféns, que já estavam no chão, foram os primeiros a gritarem de dor. Os criminosos estavam completamente imobilizados no solo. Não conseguiam mexer suas mãos e usar suas armas. Os policiais também não conseguiam se libertar daquela situação. Aliás, estavam todos imobilizados. Todos, com uma exceção: Chico, que ainda lutava, apesar de toda aquela força desconhecida o estar pressionando para o solo. Seus braços o suportavam penosamente, mas ele não estava considerando desistir.

Não havia como compreender o que se sucedia. Centenas de pessoas deitadas, completamente presas ao solo, sendo que nada de diferente havia acontecido no ambiente. E Chico, mediante um esforço moderado, começou a se concentrar.

De todas as direções, correntes de ar vieram em velocidades escalafobéticas e começaram a formar uma trajetória circular em volta de seu corpo. Logo, um fino redemoinho havia se formado ao redor de Chico, e com a força desses ventos puxando-o para cima, ele conseguiu se erguer. A força com que os ventos o impeliam para cima era inversamente proporcional à misteriosa força que o empurrava para baixo.

Por sorte, as pessoas ao redor de Chico tinham se afastado um pouco, senãotalvez tivessem acabado como a faixa de contenção, tragadas pelo pequeno redemoinho, cuja altura não passava de três metros. Talvez não exatamente tragadas, por serem pesadas, mas arrastadas no chão para perto de Chico, com certeza, o que doeria. Chico começou a dar passos em direção à loja. Quem observasse aquela cena de longe iria instantaneamente concluir que um minirredemoinho estava lentamente se aproximando de seu alvo, pois era impossível ver que havia alguém dentro.

Pouco menos de 10 metros era o que Chico precisava andar para alcançar a loja e, até aquele momento na sua vida, estava sendo a distância mais difícil que ele estava tendo que percorrer. O corpo de um ser humano normal muito provavelmente não seria capaz de suportar a pressão que ambas as forças de vetores opostos estavam exercendo sobre Chico, porém, seu corpo não era normal. Fato que, de forma alguma, anulava a imensa estúpida sensação de dor que ele estava sentido. Era como estar sendo esmagado por uma parede, que caía concomitante a um chão, que subia. E ele ao invés de se deixar morrer, resistia com todas as suas forças o máximo que podia. Chico não entendia e ainda sofria, talvez até sem necessidade.

Mas havia uma coisa que o enchia de motivação para continuar: aquela era a melhor oportunidade para se livrar dos bandidos e salvar sua amiga.

No entanto, nem mesmo Chico, que era um paranormal classe A, podia ser considerado um herói, pois o mundo é justamente injusto com todos, e a um metro de seu destino, colapsou, perdendo a vitalidade para manter o redemoinho o sustentando-o. A tentativa de resistência havia sido bela. Muitos, do chão, haviam assistido completamente extasiados, torcendo para que o rapaz conseguisse, porém, fora tudo em vão. Morte na praia. Chico estava esgotado. Quer dizer, na realidade, estavam todos esgotados depois de tanto tempo sendo pressionados contra o chão com tanta intensidade e de maneira tão rude. O rapaz tentou murmurar algo olhando melancolicamente para frente, mas acabou desmaiando antes de conseguir.

Segundos depois sirenes começaram a soar ao fundo. Dois carros da polícia surgidos do nada se aproximavam a toda velocidade. E como se fosse alguma espécie de pegadinha, assim que ambas as viaturas chegaram ao local, juntando-se às duas que já estavam lá, e os policiais viram todas aquelas pessoas estiradas no chão, a maior parte já inconsciente, o ambiente já havia retornado ao seu estado normal, sem deixar qualquer rastro do que havia se passado, mesmo que ninguém fosse capaz de se levantar. Sem perder tempo, os homens foram logo prender os meliantes, que se encontravam desacordados dentro da loja.

Enquanto arrastavam os suspeitos até a viatura, um dos policiais observou uma menina de cabelo marrom descendo a rua tranquilamente, como se fosse a pessoa mais despreocupada do mundo.

# # #

Mais ou menos meia hora depois, o local foi completamente cercado pela imprensa e equipes de paramédicos. As pessoas iam acordando e recobrando a consciência aos poucos, porém, ainda não conseguindo recordar muito bem do que havia acontecido com elas, muito menos explicar.

Sentada no chão, encostada à parede da loja, uma garota passava a mão nos cabelos de um rapaz que se encontrava deitado em seu colo. Subitamente, o rapaz começou a despertar e à sua frente identificou um rosto familiar, era Ana. Chico imediatamente deu-se conta de que estava deitado no colo dela.

– An... Ana?! – ele titubeou.

– Sim... Chico – ela disse. – Você está bem?

Chico tentou se erguer, mas seu corpo não o obedeceu. Estava demasiado exausto para fazer isso.

– Sim... – respondeu ele por fim. – Está tudo bem, eu acho. Quer dizer...

– Chico... – ela o interrompeu repetindo seu nome de um jeito reticente. Depois de alguns segundos continuou: – Eu vi tudo. Tudo.

O rapaz transferido não soube o que responder.

– Você tentou nos salvar, todos nós, e quase conseguiu. Eu fiquei realmente feliz vendo aquilo. – um sorriso se abriu em seu rosto. – Você foi um verdadeiro herói.

– Mas... eu falhei. Não posso ser um herói. – contrapôs Chico.

– Mas os heróis também falham. O que importa é a intenção. E você, assim como todos os heróis, teve boas intenções. E... olha, apesar da gente nem se conhecer direito, eu boto minha mão no fogo que você só não agiu antes porque teve medo de nos pôr em perigo, não foi?

– Como você sabe?

Ana começou a rir levemente.

– O que foi?

– É que... eu lembro bem como você reagiu quando ficou sabendo que o Anderson tinha um refém. – disse a garota em um tom analítico. – Você é esse tipo de pessoa, Chico, que não gosta de injustiças e de ver os outros sofrendo, não é?

Chico mais uma vez não soube o que responder, porém, agora, era porque ficara acanhado.

– Tudo bem, não precisa dizer nada. Apenas descanse.

– Você é muito gentil, Ana – disse Chico educadamente.

– E você é um fofo – respondeu a garota sorrindo ternamente para ele.

Ele corou e tentou esconder um sorriso bobo virando o rosto para o lado.

Havia vários repórteres no local noticiando aquela inusitada ocorrência. Alguns tentavam entrevistar as pessoas que haviam presenciado a estranha situação, mas a maioria não conseguia repassar qualquer informação útil. Mesmo os que não haviam desmaiado não conseguiam explicar nada do que havia acontecido. De acordo com os paramédicos, ninguém estava muito ferido; havia um ou outro que devido ao fato de ter sido pressionado contra o chão em uma posição não muito cômoda, por exemplo, com o corpo todo em cima do braço, havia sem querer quebrado um osso ou outro.

    Os autores da tentativa mal sucedida do assalto já haviam sido levados pela polícia para o hospital mais próximo, onde muito provavelmente uma horda de jornalistas os estaria esperando para entrevistá-los. Depois disso seriam, obviamente, levados a uma delegacia.

    – Há quanto tempo você está acordada? – perguntou Chico subitamente.

    – Faz uns 10 minutos só. Por quê?

    – Você não está machucada, Ana? Quer dizer, todos parecem estar meio abatidos...

    Mais uma vez a garota deu outra risadinha.

    – Esse é o meu segredo, Chico. Quer dizer, o meu poder.

    – O seu poder? – repetiu o garoto, sem entender muito bem.

    – Sim, esse é o meu poder. Eu sou capaz de me desfadigar, e assim nunca fico cansada ou muito machucada. É claro que eu ainda sou classe D, mas quem sabe no futuro eu consiga me curar por completo mesmo, igual ao Wolverine, né?

    – Claro que vai! – sorriu Chico – Com certeza, vai.

    Os dois ficaram se olhando como se tivessem resolvido competir para ver quem ficava mais tempo sem piscar, apesar de não terem dito mais nada. O reflexo de um refletia-se na íris do outro. Parecia que tudo ao redor dos dois emudecera, tanto as sirenes quanto a falação das pessoas. A visão periférica de ambos havia borrado como uma janela sendo atingida pela chuva. Os lábios de Ana deslocaram-se quase imperceptivelmente em um movimento sem sentido. Chico engoliu em seco. Eles sabiam qual era o desfecho que aquela situação clamava. O rapaz tentou levantar sua cabeça para frente, mas não teve forças nem para aquele simples gesto. Rindo-se da condição dele, Ana então se inclinou e levou seus lábios ao encontro dos de Chico. O mundo parou. Depois de alguns segundos, o beijo terminou e o mundo voltou a girar.

– Eu liguei pra minha mãe há alguns minutos para ela vir me buscar... – informou Ana, a voz terna. – A gente pode te dar uma carona...

– Muito obrigado. – respondeu o rapaz. – Acho que vou precisar mesmo...

# # #

Horas depois, de volta ao apartamento com suas forças totalmente restauradas, Chico havia acabado de se sentar no sofá e ligado a televisão para assistir ao noticiário. Ele já havia contado à sua prima o que se passara durante o fim da tarde, ou cuase tudo, pelo menos. A reação dela foi de estranhamento, no entanto, de uma forma que não era muito comum, como se tivesse desconfiado de alguma coisa. De qualquer forma, ele não deu muita bola. Na verdade, estava se sentindo feliz demais para começar a se preocupar.

– Você não quer ver o noticiário junto comigo, prima? – disse Chico a sua prima, que naquele momento se encontrava em seu quarto dando uma olhada em alguns documentos virtuais projetados em sua escrivaninha. – Aposto que vão falar alguma coisa sobre o assalto de hoje à tarde.

– Eu já vou aí, primo. – ela respondeu tediosamente.

Após a vinculação de uma propaganda excêntrica de meio minuto sobre os skates que flutuavam (moda que aparentemente ainda não havia conseguido pegar entre os skatistas, apesar dos enormes esforços da mídia), a vinheta do noticiário começou a ser exibida.

– Vem, prima. Já tá começando! – avisou Chico entusiasmadamente.

Elis então saiu de seu quarto e foi se sentar ao lado de seu primo, o ânimo, porém, parecia ter ficado.

O jornal começou. O primeiro assunto a ser tratado seria a tentativa de assalto que havia ocorrido no centro da zona comercial da cidade. Após breves comentários a respeito do que havia acontecido e do que supostamente poderia ter sido a causa do estranho fenômeno que levou à prisão dos bandidos, começaram a veicular uma entrevista de três minutos com os assaltantes, que havia sido gravada no hospital para o qual haviam sido levados inicialmente. Dentre todas as perguntas genéricas feitas à dupla, uma, contudo, chamou a atenção de Elis e Chico.

O repórter perguntou: "Por que vocês estão usando essas máscaras do Guy Fawkes?"

Os mascarados se olharam por um momento e, então, a mulher da dupla começou a explicar:

– "No Brasil essas máscaras ficaram famosas quando as pessoas saíram às ruas para protestar contra a corrupção e outras coisas erradas que aconteciam no país. Isso há mais de trinta e poucos anos. Em outras palavras, quem usasse essa máscara era contra o mal governo e a favor do povo. E é justamente por isso que nós a usamos".

O repórter rebateu:
– "Mas vocês fizeram reféns e ameaçaram matá-los!".

O homem da dupla resolveu assumir a entrevista.
– "Mas, às vezes, para que possamos alcançar um objetivo maior que vá trazer benefícios a todos, vidas inocentes acabam precisando ser sacrificadas no meio do caminho. Mas, entendam, é tudo em nome de uma causa nobre".

Perplexo, o repórter perguntou:
– "Mas que causa seria essa?".

Sem hesitar, a dupla respondeu em uníssono:
– "O fim do sistema!".

Depois dessa pergunta a entrevista foi cortada. A âncora do jornal fez um breve comentário desaprovando a atitude dos bandidos e começou a falar a respeito de mais um caso de desaparecimento de um paranormal.

Sem tecer quaisquer comentários sobre aquela situação, Elis levantou-se do sofá e voltou para seu quarto. Chico permaneceu sentado, em estado de compenetração. O fim do sistema? Mas que sistema era esse? O capitalista? Mas por que eles não disseram então? Normalmente, para essas pessoas que defendiam causas revolucionárias, a palavra "sistema" sempre vinha acompanhada da palavra "capitalista". Ou será que eles estavam falando de um sistema de computador? O rapaz transferido definitivamente não fazia a menor ideia e o noticiário seguia sem que ele prestasse atenção em nada.

CAPÍTULO #7

O rolê

Em uma sexta-feira, por volta do meio-dia, quase três semanas depois que todo o alvoroço já havia se assentado, o período matutino na USP terminava e os alunos que saíam se deparavam com um bloqueio. O segurança de Black Power avisava a todos que iam pelo caminho habitual que a saída original havia acabado de ser consertada e agora, com as catracas, todos precisariam de suas carteirinhas para sair e entrar. Curioso era o fato de que a faculdade havia avisado em seu *site* que isso iria acontecer, provando, mais uma vez, que muitos ali não davam a mínima para o *site* da faculdade. Chico, Ana e Fernando sabiam, é claro. E justamente por isso já se encontravam do lado de fora da instituição, fazendo parte do seleto grupo de alunos que tinham o mínimo de responsabilidade.

Os últimos dias tinham passado mediante uma rotina bastante agradável e acalentadora. Chico já havia explicado o que se sucedera naquele fatídico dia aos seus amigos e havia também iniciado um despretensioso namoro com Ana. A felicidade do rapaz era tanta que ele se esquecera por completo dos assuntos que anteriormente perturbavam o sono dele. Só queria saber de sua namorada, e sentia que ela estava, a cada dia que passava, tornando-se mais e mais essencial para ele. Fernando, todavia, advertiu-o de que ele estaria amando rápido demais, e que isso talvez não fosse terminar bem. Em contrapartida, o rapaz transferido arguia não ter o poder de mandar em seus sentimentos, e que tinha quase certeza não haver nenhum paranormal no planeta que o tivesse.

– Até que essa entrada ficou boa – comentou Fernando dando uma olhada para trás. – Eu realmente pensei que eles nunca fossem terminá-la.

– Né? Demora da peste pra fazer algo tão simples. – disse Chico.

Ana, que estava de mãos dadas com ele, riu-se discretamente.

– Desculpa, amorzinho, mas acho bonitinho demais quando você fala desse jeito.

– Oxe. Desse jeito como?

– Assim, seu bobo – ela riu novamente.

– Ah, a primeira fase do namoro é sempre tão cheia de fofuras. – intrometeu-se Fernando. – Seria bom se ela durasse mais do que um ano.

– Como assim, cara? – disse Chico. – A nossa vai, pode ter certeza. Não é, amor?

– Sim. – apoiou Ana, sorrindo graciosamente para ele.

– É o que todos pensam, porém, não é bem o que apontam a situação da maioria dos casais que passa dessa marca de tempo.

– Tá, tanto faz – desconversou Chico, virando-se e beijando sua namorada.

– Ei! – disse uma voz feminina ao longe.

Todos se viraram para ver quem era que chamava.

– Susana! Graças! – exclamou Fernando ao ver a menina se aproximando em cima de seu skate. – Só você pra me salvar dessa melozisse de pombinhos apaixonados!

– E aí, pessoal. Qual a boa? – disse a garota chegando neles.

– Ah, nada demais – respondeu Chico ao cumprimentá-la com o toque de mãos especial que Susana havia inventado e ensinado para eles na semana anterior, e que eles só usavam mesmo quando ela estava por perto.

– Tô vendo que o namoro de vocês tá firme, hein? – ela comentou olhando para Chico e Ana, o sorriso suavemente maledicente.

Os dois ficaram levemente envergonhados.

– Firme demais até, na minha opinião. – disse Fernando. – Quero só ver até quando vão ficar com esse nhê-nhê-nhê.

– Afê, deixa de ser azedo, Fê. – rebateu Susana.

Fernando bufou e virou o rosto de lado.

– Enfim, mudando de assunto. – continuou Susana. – Vamos sair esse fim de semana, pessoal? Sei lá, pegar um cineminha e depois dar um rolê pela praia. Beber um pouco talvez também. Eu soube que estreou o primeiro filme do *reboot* do Spider-Man. Ah, e dessa vez a Ana vem junto, que acham? Tô querendo desestressar um pouco, essa semana foi... ó... tensa.

– Legal. Mas qual cinema a gente vai? – indagou Fernando. – No tradicional, no 4D, no interativo?

– Me poupe, né, Fê? – indignou-se Susana. – Como que você ainda pode sequer cogitar a possibilidade de irmos a um cinema interativo? Primeiro que o Spider-Man não passa lá, segundo que cinema interativo não é cinema. É apenas uma brincadeira imbecil feita para gente com idade mental menor que três anos.

– Calma, Su. Eu só fiz uma sugestão. Não precisa ficar tão alterada.

– Claro que preciso! – bufou a garota. – Eu quero relaxar esse fim de semana, não me estressar ainda mais.

Levemente constrangido, Chico então disse:

– Ok... Então, vamos no tradicional mesmo?

– Não. Pro Spider-Man é melhor o 4D – afirmou Susana, friamente.

– Então que seja o 4D. – disse Fernando. – Todos de acordo?

– Por mim tá massa – disse Chico simpaticamente. – Amor?

– Por mim está ok também – disse a namorada de Chico.

– Susana? – disse Fernando.

– Sim... – ela suspirou acalmando os nervos. – É, esse final de semana vai ser bom. Vou aproveitar e chamar uns dois amigos da praça de skate pra dar uma animada.

– Então, fechou! – disse Fernando.

– É isso aí! – disse Chico.

– Eba! – disse Ana.

– Também vou chamar o Nícolas – adicionou Susana.

Fernando corou e escondeu o rosto.

– Depois eu quero ver aonde vão ficar os seus comentários sobre namoro, Fê. – disse Chico, não conseguindo deixar de aproveitar a oportunidade.

– *Shut up* – respondeu Fernando ainda constrangido.

E, nesse instante, o trólebus que Ana, Susana e Fernando pegavam acabara de aparecer na esquina.

– Finalmente! – exclamou Fernando, indiscretamente sentindo-se aliviado.

Os outros contiveram uma risadinha maliciosa.

Segundos depois, o veículo parou no ponto e os três subiram após se despedirem de Chico.

Depois que o trólebus sumiu na outra curva, o rapaz transferido discretamente deslizou do bolso seu novo celular *slim* que ele comprara junto de Ana com seu cartão de crédito na semana anterior (depois de confessar para ela não ter a menor afinidade com tecnologia) e viu as horas. O apetrecho tinha o formato de um cartão magnético de milímetros de espessura, que funcionava projetando holograficamente todas as suas funções e menus a um centímetro de altura da superfície. Em seguida, dando uma última olhada sorrateira a sua volta, iniciou o retorno ao apartamento de sua prima.

Voltar para casa ainda continuava sendo uma caminhada solitária, porém, vira e mexe ele agora se deparava com um desvio nessa norma, pois uma das pessoas feitas de refém na loja no dia daquele infeliz incidente era, por um acaso, aluno de sua faculdade, e que mais tarde, ao reconhecê-lo, saiu espalhando aos quatro cantos da instituição que Chico quase conseguira salvar a todos sozinho. Depois, outras pessoas associaram ao fato de que também havia sido Chico quem derrotara Anderson duas vezes, o que só agregou ainda mais para sua fama. O rapaz transferido havia se tornado uma espécie de subcelebridade. Coisa para a qual ele não dava a mínima importância.

# # #

Naquela noite, Chico já passava de quase três horas conversando com Ana pelo celular. Elis, que estava ocupada fazendo algo que parecia ser importante em seu computador, não conseguia deixar de sorrir toda vez que passava pela sala. Ela sentia-se genuinamente feliz pela relação de seu primo, por mais que, assim como Fernando, achasse que ele estava amando rápido demais a menina.

Quando a ligação com sua namorada foi encerrada, um olhar meio deprimido permeava o rosto de Chico. E foi quando viu sua prima saindo da cozinha em direção ao quarto.

– Prima! – ele a chamou.

– Oi? – ela parou e se virou para ele, o copo de café na mão esquerda.

– O que você está fazendo? – ele perguntou.

– Ah, coisas do meu trabalho, primo – respondeu ela. – Nada demais.

– Entendi. Nada demais, mesmo? Tipo o quê?

– Ué, nada. Nada...

– Pelo jeito, você vai continuar não me falando a verdade, não é?

– Desculpa, primo, mas agora não é hora pra falar disso.

– Você sabe que isso é extremamente suspeito, né?

– É, imagino que eu deva passar essa impressão mesmo. Mas eu queria realmente que você entendesse que não é nada demais, tá?

– Então, por que você não me fala o que é de uma vez?

– Um dia você vai saber, primo – o olhar melancólico.

– Eu queria poder confiar mais em você, prima.

Elis entreabriu a porta e passou o copo de café, colocando-o em cima do móvel ao lado do computador.

– Primo... – ela disse caminhando até a janela da sala e pondo as mãos no parapeito. – Você pode confiar em mim sim, ok? É que tem coisas que eu não posso falar, ainda. E eu já lhe avisei isso. E, honestamente, prefiro não falar a ser obrigada a mentir.

– Eu realmente estou começando a ficar encucado, prima. Eu realmente queria poder entender o que se passa.

– É... – ela fez uma pequena pausa – Quer que eu lhe prepare um copo de café?

– Não, obrigado.

– Ok – disse ela, começando a olhar para o céu estrelado.

Chico acionou a televisão holográfica e começou a zapear pelos canais.

– E como anda o seu namoro, primo? – Elis perguntou repentinamente.

– Melhor impossível.

– É a sua primeira namorada?

– Não, mas é de longe a melhor.

– Isso é bom – disse Elis, retirando as mãos da janela e rapidamente retornando para seu quarto, sem acrescentar mais qualquer fala.

Chico permaneceu em estado de introversão. Depois de bastante tempo, pensava em algo que não fosse a sua namorada: pensava em sua enigmática prima. Na televisão, o noticiário ia falando a respeito de paranormais que haviam desaparecido nos últimos meses.

# # #

No dia posterior, Chico e seus amigos combinaram durante a tarde o rolê que fariam durante a noite, sem hora para voltar para casa, apenas para se divertir. Resolveram que se encontrariam no começo da avenida, na altura da praia, de frente a um pequeno shopping, no qual entrariam para ir ao cinema. Deveriam estar lá por volta das nove da noite para pegar a sessão das 9h30. Ana, contudo, convenceu Chico de eles chegarem antes para, assim, poderem passar um tempo a sós.

A avenida tinha aquele tom alaranjado que as cidades normalmente tinham por causa dos postes de luz, mesmo que fosse 2052. Os carros flutuantes, os poucos carros normais, os trólebus, o tráfego em si não cessava. Nas largas calçadas o fluxo de pessoas era bastante grande também; em sua maioria, porém, eram todos jovens. E o estilo visual era bastante variado. Muitos tinham cabelos coloridos com penteados extravagantes, que faziam toda questão de fugir de qualquer simetria. A moda atual era o cabelo "bipolar", cuja lógica resumia-se em: uma metade do cabelo era penteada de uma forma e possuía uma cor, e a outra metade de outra cor e outro penteado. Este novo estilo e a já tradicional chapinha digladiavam pelo maior número de adeptos.

Às 7h53, Chico chegou ao local. Vestindo uma calça jeans azul-escuro, uma camisa branca sem estampa e um All-Star, sentou-se em um banquinho na calçada do shopping e começou a esperar, observando a movimentação. Poucos minutos depois, uma voz feminina familiar o chamou delicadamente:

– Amor?

Chico virou-se em direção à voz e sorriu. Usando uma saia rosa que ia até antes dos joelhos, uma blusa azul e o habitual jasmim no lado direito da cabeça, Ana sentou-se ao seu lado e o abraçou.

– Acho que esse é o nosso terceiro encontro – ela comentou.
– Você tá feliz?

– Mais feliz do que nunca, amor – disse Chico. – Mas dá pra considerar isso aqui um encontro mesmo? – riu-se ele levemente.

– Ah, pra mim, sempre que a gente se encontrar fora da faculdade vai ser um encontro.

– É, até que faz sentido.

Os dois começaram a dar risada.

– Amor, o que você pensa da gente? Será que a gente vai durar mesmo? – Ana indagou. – Porque eu estou gostando tanto de você...

– Oxe, mas por que alguma coisa daria errado, amor? Não fica se preocupando à toa não, tá? – ele a beijou na testa.

– Tá bom. Não vou.

– Você fica com o rostinho tão lindo quando se preocupa por bobagem.

Ana corou de vergonha.

– Mas sabe o que é realmente lindo? – ela rebateu.

– O quê?

– As Sextinas. Já ouviu a discografia que eu passei delas? Hein?

– Ah, amor. É muita música, só ouvi um álbum até agora, mas eu prometo que vou ouvir o resto sim, ok?

– Hmpf, melhor que ouça mesmo!

– Boba.

Os dois ficaram em silêncio por alguns momentos. Os sons da cidade empesteavam o ar em todas as direções, pelos becos e bueiros, por toda fresta e abertura. Não havia aonde se esconder.

– Amor – disse Chico subitamente. – Ontem, depois que a gente conversou pelo celular, eu resolvi tentar falar com a minha prima...

– E ela?

– Bem...

– Continuou esquivando-se do assunto?

– Sim...

– Pôxa, amor. Eu não sei o que te dizer. Você não tem nenhuma ideia do que ela possa estar te escondendo?

– Realmente não, amor. Eu só espero mesmo é que não seja nada tão grave assim, como ela mesma diz.

– É...

– Mas caramba, acho que você foi a primeira pessoa para quem eu me abri sobre isso.

– Own. É porque você confia em mim. E eu também confio em você.

– É, mas acho que eu deveria ter falado isso com o Fernando primeiro. Estou me sentindo meio traíra.

– Ahh, amor, mas... – e antes que ela conseguisse terminar de falar, uma voz estranha a interrompeu.

– Ei! Você... É você, não é? – disse um jovem apontando para Chico e se aproximando completamente extasiado.

– Eu?

– Sim! Foi você! Foi você quem salvou aquela loja, não foi?

– O quê? Não, espera, não foi bem... – e antes que Chico conseguisse explicar que ele não havia salvado nada, o jovem já havia se sentado do outro lado dele para tirar uma foto e chamado alguns amigos para virem também.

Depois que o momento celebridade do rapaz transferido terminou, Ana jocosamente comentou:

– Uh! Amor, cê sabe que eu só estou com você porque você é uma celebridade, não é?

– Oh! Que menina mais interesseira! – ironizou Chico.

– Sou praticamente uma *gold digger*, igual àquela música das Sextinas. Já ouviu?

– Ah! Claro, claro...

Ana o olhou com cara de desconfiada. Chico não resistiu e se entregou, começando a gargalhar. No fim a menina também riu.

– Sabe, amor... – ela disse de repente. – Antes eu estava em dúvida, mas agora eu tenho certeza de que estou fazendo o curso certo pois, afinal de contas, conheci você.

Uma hora passou-se assim, em meio a carícias, beijos e assuntos sem importância. Quando os amigos de Chico apareceram no começo da rua, os dois namorados estavam no meio de um longo beijo, e não os notaram. Fernando e Susana, no entanto, não estavam sozinhos. Uma menina ruiva, adepta de moicano, e um rapaz de cabelo raspado e descendência japonesa, ambos em cima de um skate flutuante e vestindo roupas rebeldes, os acompanhavam os dois.

– Os namoradinhos não perdem tempo, hein? – disse Fernando, interrompendo o beijo deles e os assustando.

– Ah! Oi! Gente. – disse Chico meio sem jeito.

– Oi... – disse Ana, acanhando-se.

– Bem – disse Susana, rindo-se, enquanto apresentava os amigos – Aqui é a Alexia e este é o Akira.

– Prazer – disse Chico, tímido.

– Estes são Chico e sua namorada Ana. – disse Susana, continuando as apresentações.

– Tranquilos? – disse Akira, levantando um polegar positivo.

– Opa! De boa. – respondeu Chico.

Ana sorriu.

– Enfim, "vamo" logo entrar? Faltam 20 minutos para o começo da sessão – avisou Fernando.

– Ah, um momento. – disse Chico. – Não está faltando alguém?

– É, o Nícolas. – lembrou Susana. – Mas ele estava ocupado, então, não pôde vir, infelizmente, né, Fê?

– Ahn!? E quem disse que eu ligo? – alarmou-se o rapaz, falhando ao tentar parecer que não se importava.

Todos riram, e no instante seguinte se dirigiram para a entrada do shopping.

# # #

Entrando no shopping, rumaram todos rapidamente para o cinema no segundo andar. A fila dos ingressos estava bem pequena, e quando chegou a vez deles, notaram que o preço para assistir na sala 4D estava muito barato. Ao adentrarem na sessão, viram-na quase vazia, o que foi um deleite para a visão de todos. Seguindo inquestionavelmente a sugestão de Susana, foram se sentar nos assentos ao meio da sala, pois assim usufruiriam do sistema *surround* de som e ficariam a uma distância razoável da telona. Os efeitos programados para aquele filme eram a possibilidade de sentir os cheiros das ruas de Nova York, do suor de Peter Parker e do perfume da Mary Jane. As cadeiras também se movimentavam, para simular quando o Homem-Aranha estivesse se balançando de um prédio para o outro, entre outros efeitos.

Terminado o filme, saíram da sala de exibição comentando os prós, contras e tendo que aguentar os comentários de Susana a respeito de como a primeira versão de 40 anos antes era bem melhor.

Após deixarem o shopping, em torno das 23h15, eles resolveram simplesmente sair andando pela orla da praia até cansarem e mudarem de ideia. Antes de qualquer coisa, entretanto, passaram em um mercadinho e compraram álcool, só pra garantir um pouco mais de entretenimento.

– Será que a gente não vai ficar bêbado demais? – supôs Chico, que não era muito habituado a beber.

– Esse é o objetivo, Chico! – replicou Fernando. – Se não, qual a graça?

– Sem contar que quando o Fê fica bêbado ele perde completamente os medos, inclusive a hidrofobia dele. – adicionou Susana.

– Não é bem hidrofobia. É apenas uma leve aversão a quantidades exacerbadas de água.

– Ah! Tá bom. Nomeie do que quiser – disse Susana.

Em seguida, virando-se para Chico, falou: – Sabe do que o Nícolas chama ele?

– De quê?

– De "meu gatinho", por ele ter medo de água.

Chico riu-se e Fernando virou-se envergonhado para o outro lado, já começando a virar a garrafa que havia comprado.

À noite os embalava com uma atmosfera bastante agradável. Não estava nem muito quente, nem muito frio, impossível reclamar. No calçadão a movimentação era moderada, porém, com o passar das horas, foi ficando cada vez mais escassa. A lua crescente dava ao céu um aspecto de mistério, ainda mais cercada de nuvens negras. Não havia estrelas visíveis, escancarando para Chico a triste realidade de uma cidade grande. De qualquer forma, o rapaz estava se divertindo como muito não se divertia, principalmente por estar acompanhado de sua namorada.

Piadinhas que iam ficando cada vez mais imbecis e incoerentes com o aumento do nível de álcool no sangue, risadas, conversações de assuntos obtusamente sem relação que se cruzavam e o equilíbrio, que aos poucos ia sendo prejudicado, davam o tom da ocasião.

– Ei... Chiiiiico! – disse Akira em um dado momento, enquanto ainda seguiam pelo calçadão. – Chico? Chico-chico no fubá!

O rapaz transferido o ignorou.

– Ei? Ei? Sabem – soluço – quem Chico lembra? – perguntou Alexia, tentando, inutilmente, equilibrar-se em cima de seu skate flutuante.

– Quem? – disse Akira.

– O... o Spider-Man!

Alexia caiu e os dois começaram a rir descontroladamente, ressaltando o fato de que eram os mais alterados do grupo. Peculiarmente, Ana não se encontrava nem uma gota modificada pelo álcool, o que atiçou a curiosidade de Chico.

– Amor? Você... tá bem?

– Tô sim, mozinho.

– Digo... – soluço – Você não está beba...?

– Não, é que eu não consigo ficar bêbada, mô.

– Não? – ele soluçou.

– Meu poder não me permite, pois, passivamente, ele mantém meu corpo sempre em um estado normalizado. O que significa que eu também dificilmente fico doente.

– Ahhh... – Chico soluçou novamente. – Você é incrível, amor.

Por volta das duas da manhã, todos resolveram ir se deitar nas areias da praia para descansar. Ana e Chico resolveram ficar observando o céu. Fernando não estava muito animado, já que Nícolas não havia comparecido ao passeio, e, graças ao álcool, acabou desabafando algumas coisas ao léu. Àquela altura, era muito fácil presumir que o passeio havia se concluído.

Moderadamente bêbados e tendo se deslocado alguns quilômetros até quase o final da praia, o melhor a se fazer seria passar a noite ali, torcer para que não chovesse e de manhã pegar um trólebus. Não havia mais ninguém por perto, e os jovens adormeceram na praia. Ana deitada em cima do peito de Chico, e o resto estirado nos arredores.

# # #

Uma hora aproximadamente se passou e o silêncio a tudo tomava conta. Não havia ninguém nas ruas, muito poucas janelas de prédios podiam ser vistas com as luzes acesas ao longe e na praia só havia os seis jovens, cinco deles já absortos no mundo dos sonhos. Ana, que ainda permanecia olhando para o céu deitada no peito de seu namorado, não conseguia pegar no sono. Sua mente vagueava noutros mundos, mesmo que não estivesse dormindo; uma involuntária torrente de pensamentos desconexos fluía em sua cabeça. De repente, o som de passos na areia fofa alertou a menina de que ela ainda estava no mundo real.

Eram vários pares de passos, que no meio daquele silêncio soavam suficientemente audíveis. Ana ergueu-se curiosa e virou-se para ver o que era. A uns 30 metros, viu quatro pessoas andando juntinhas naquela direção; todos jovens do sexo masculino, brancos quase pálidos e vestindo roupas sociais. Pareciam ser clones uns dos outros. Ela começou a desconfiar. A atmosfera ao redor deles era diferente. A namorada de Chico não tinha a menor ideia do que esperar daquelas pessoas. Sentia medo, engoliu em seco.

Os quatro jovens pararam de andar a uma distância de mais ou menos cinco metros de onde estavam Ana e seus amigos. Por alguns segundos, mantiveram-se estáticos, o que confundiu a garota. Porém, logo após o período de silêncio, um deles falou, por meio de uma voz monofônica:

– Isso requerer senha dos indivíduos no local. 2, 9, 23, 44, 72, 107, 149?

Ana não entendeu.

– Senha? – repetiu a garota. – Como assim?

– Isso reitera sua solicitação da senha.

– Ahn? Quem são vocês? Por que vocês estão aqui? Vocês estão bem? Parecem um pouco pálidos...

– A confirmação da senha falhou. Conclusão: negativo. Os objetos em questão não fazem parte do experimento. Continuar com o plano de ação padrão. A operação terá início às 0400. Entrar em modo *standby*.

E depois do estranho monólogo, todos os quatro jovens fecharam os olhos e pareceram ter adentrado em um estado de completa suspensão de emoção e movimento, como se tivessem virado pedra. A garota sobressaltou-se de espanto. Um sentimento angustiante de apreensão tomou conta de seu corpo. Ela pensou em tentar se comunicar mais uma vez com os quatro jovens, porém, no último segundo desistiu. O que haveria de ser esse experimento que eles haviam comentado? Ana sentou-se na areia novamente para pensar. Olhou a sua volta e, felizmente, não viu mais nada de suspeito. O jovem havia dito 0400, o que Ana sabia que no jargão militar significava quatro da manhã. O barulho das ondas do mar subitamente começou a parecer incômodo.

Nervosa, pensando na possibilidade de que aqueles quatro jovens exalavam perigo, Ana resolveu que seria melhor acordar seus amigos, que muito possivelmente despertariam com sinais de ressaca. Mas ela não tinha escolha. Olhou mais uma vez para aqueles sujeitos, e um calafrio passou por seu corpo. No segundo seguinte, engatinhou até Chico, começou a balançá-lo e chamar por seu nome:

– Chico! Chico! Amor... Acorda! Por favor! Acorda, amor...

– Ahn... O quê? Ai... – disse ele, despertando em meio a gemidos de dor e pondo a mão na testa. – Minha cabeça... Ai... Nunca mais vou beber...

– Amor!

– Ana! O... o que foi? – ele perguntou. – Tudo bem?

– Amor... Olha aquilo! – Ana apontou para trás.

Chico inclinou o corpo para frente com a ajuda de Ana e, ao esfregar os olhos um pouco, empalideceu-se diante do que viu. Seu queixo caiu e suas pupilas dilataram de surpresa. Debilitadamente, balbuciou:

– É... é ele. Meu Deus! E quatro deles!

– Chico! Chico! O que você quer dizer? Você conhece esses caras?

– Ana... – ele disse se pondo de pé. – Por favor, você... Ai... e os outros precisam sair daqui. Ai. Esses sujeitos... são extremamente perigosos.

– Amor! Espera. Você não está em condição de enfrentá-los, se for o caso.

– Ana. Por favor, saia daqui... Eu vou dar um jeito neles. Juro!

– Me escuta! – ela gritou por fim. – Por favor.

Chico imediatamente parou e se virou para ela.

– Deixa eu te falar. – disse Ana se levantando. – Primeiro: você tá de ressaca. Segundo: tenho quase certeza de que eles não vão fazer nada agora.

– Como você pode saber?

– Um deles disse que a "operação" iria iniciar as 0400, e pelo, que eu entendo, isso significa quatro da manhã, não é?

Chico então despencou no chão. Sua cabeça latejava insuportavelmente.

– Sim... – ele confirmou. – Então, temos ainda, ai... uns 40 minutos.

– Mas me diz – Ana se agachou. – De onde você os conhece?

Chico virou sua face para a areia.

– Eu explico... Mas é melhor acordarmos o resto do pessoal. Ai...

– Amor... – disse Ana em um tom carinhoso. – Deixa eu cuidar de você antes.

E no instante seguinte, a namorada de Chico chegou mais perto e encostou suas mãos na cabeça dele. Um pequeno zumbido bem fraco ouvia-se enquanto a palma das mãos da garota brilhava em uma coloração amarelada. Segundos depois ela recolheu suas mãos e sorriu.

– O que você fez? O que foi isso? – disse Chico. – Ahn... Espera um pouco.

– Gostou?

– Eu... minha dor de cabeça passou. Eu não tô mais tonto. O que... Você consegue até fazer isso?

– Sim. Mas... entenda que o álcool continua no seu corpo. Eu só sou capaz de aliviar os efeitos colaterais, ok? E, também, se você se esqueceu de algo, eu não sou capaz de fazer você se lembrar.

Chico abriu um sorriso.

– Tudo bem. De qualquer maneira, depois dessa devo ser o cara mais sortudo do mundo... Afinal de contas, não conheço mais ninguém que tenha uma namorada capaz de curar a ressaca do nego.

Ana riu.

– Ah... e mas agora, precisamos acordar o resto do pessoal. E... você pode ajudar eles também?

– Posso sim, amor.

– Então tá. Vamos lá.

Os dois foram despertar seus amigos. Fernando foi o primeiro e, sem perder tempo, Ana já foi usando seu poder nele. Em seguida, Chico explicou parcialmente a situação e pediu que ele esperasse. Susana veio logo na sequência. Akira e Alexia deram um pouco de trabalho para Ana, pois eles haviam ingerido uma quantidade muito grande de álcool. Contudo, em menos de dez minutos já estavam todos bem.

– Pronto. Isso deve dar – disse a namorada de Chico ao retirar as mãos da cabeça de Akira e se levantar, deixando o rapaz em estado total de incredulidade.

– Eu não sei nem o que dizer! – comentou Fernando admiradamente. – Você é incrível, Ana!

– É verdade. – concordou Susana. – Você é a namorada que todo beberrão queria ter.

– Pessoal, vamos deixar os elogios para depois! – interrompeu Chico. – Agora nós só temos 25 minutos antes que esses... bem, acho que eu posso falar. Antes que esses robôs entrem em ação.

– É, agora eu acho que essa é a melhor hora para você nos explicar toda essa peculiar situação, Chico – disse Fernando.

– Pera aí! Eles são robôs? Foi o que eu ouvi? – indagou Akira. – Acho que ainda tô um pouco alterado.

– Tá não, seu tonto, senão sua cabeça estaria doendo. – lembrou Susana.

– Seja como for, o cara que os criou definitivamente não tinha o menor senso de moda. – observou Alexia.

– Sou obrigada a concordar – disse Ana.

– Gente! Gente! Foco aqui! – disse Chico. – Vamos ao que interessa, Ok?

– Desembucha, Chico! – pressionou Susana.

Ele, por fim, limpou a garganta e começou a explicar:

– Olha, eu queria que vocês primeiramente entendessem que a situação aqui não é brincadeira. Esses caras são exatamente iguais ao carinha que eu enfrentei umas semanas atrás e, bem, esse carinha que eu enfrentei era um robô. E me baseando no que Ana me disse, pelo jeito esses aqui são robôs também e... se forem iguais ao que eu enfrentei, isso significa que a situação pode ser tornar bastante perigosa.

– Perigosa? – repetiu Fernando. – Mais do que aquela sua luta contra o Anderson?

— Bem mais, Fernando – garantiu Chico. – E por isso eu queria adiantar que seria muito melhor se todos saíssem daqui e fossem para um lugar seguro. Eu realmente não quero botar a vida de ninguém em risco.

— Chico! – exclamou Susana. – Você não confia na gente, não? Por favor, né? Ninguém aqui é civil, somos todos paranormais, igual a você.

— Precisamente, Chico – adicionou Fernando. – E você é nosso amigo, nós não vamos deixar você enfrentar isso sozinho. Não faria o menor sentido.

— É isso aí! – disse Akira. – É verdade que eu conheci você hoje, rapaz, mas só por você ter uma namorada que cura ressaca, já merece minha consideração.

— Idem – disse Alexia.

— Pessoal... – Chico abaixou a cabeça. – Eu não sei muito sobre esses robôs. Mas eles são bastante fortes. O que eu enfrentei foi no terreno baldio atrás da minha casa, e eu fui obrigado a usar um dos meus melhores golpes. Eu realmente não quero nem imaginar a possibilidade de algum de vocês se machucar.

— Cara, sai dessa – disse Fernando. – Você só teve dificuldades porque estava só, mas olha quanta gente tem aqui ao seu redor para te ajudar.

— Amor, eu concordo com eles – disse Ana. – Você não deve enfrentar seus problemas sozinho, ainda mais quando seus amigos se oferecem para estar do seu lado.

— Você não tem argumentos, Chico – sentenciou Susana. – Vamos logo ao que interessa. O que mais você sabe sobre esses... robôs?

— Ahn... eu... – Chico se enrolou nas palavras, tendo ficado um pouco surpreso com a maneira com que seus amigos estavam encarando seus avisos.

— Fala logo, Chico – pressionou Fernando.

– Ahn? Ah, bem... – ele disse. – Só o que eu sei além do que eu falei é que na lataria está escrito *Multipropósito*. O que no dia eu imaginei que fosse o nome da empresa ou do robô, mas na internet eu não encontrei absolutamente nada sobre.

– Nada? – repetiu Susana. – Será que você pesquisou direito?

– Sim. Fui até umas dez páginas na busca.

– Interessante... – comentou Akira. – Isso, no mínimo, significa que esse termo está ligado a algo secreto ou ilegal.

– Deve estar relacionado com o governo. – supôs Alexia.

– Será mesmo? – disse Chico. – Eu também pensei isso no começo. Mas já não tenho tanta certeza.

– Eu não acho que seja um projeto secreto do governo. – contrapôs Ana. – Porque se esses robôs fossem alguma nova arma que o governo supostamente estivesse testando, e realmente houvesse necessidade de testar na cidade, eles muito provavelmente demarcariam áreas as quais a população ficaria impedida de entrar para a condução dos testes.

– Caramba! – disse Fernando, impressionado. – Realmente faz sentido!

– Eu concordo com a Ana. – disse Susana. – Se a notícia de que o governo pôs a vida de inocentes em risco vazasse, pegaria muito mal para a imagem deles. Eu creio que isso tenha a ver com algum grupo terrorista.

– Grupo terrorista? – disse Chico.

– Exato. – disse Susana. – A maior parte dos crimes nessa cidade tem o dedo de três facções: o P.C.P., o P.A. e o COMANDO.

– Mas o P.A. só faz protestos. – arguiu Fernando.

– Pelo que eu ouvi falar, esse negócio de protesto é só uma maneira de encobrir as atividades ilícitas praticadas pelos membros... – comentou Alexia – Mas eu não tenho provas.

– No final das contas, todas as organizações têm segundas intenções. – concluiu Akira.

– Mas será que esses robôs têm algum alvo específico? – questionou Susana. – Qual seria o objetivo deles aqui na praia, às quatro da manhã, quando não há ninguém por perto?

– Bem, eu acho que eu tenho uma pista... – disse Chico.

Todos se voltaram para ele.

– Antes do meu confronto com o outro robô, eu espiei da janela do apartamento para ver o que estava acontecendo, e vi que ele estava interferindo nas correntes de ar para criar uma espécie de um redemoinho. Aí eu desintegrei o redemoinho e resolvi descer para ir ver por que ele estava fazendo aquilo.

– Ele estava tentando criar um redemoinho? – repetiu Fernando. – Mas para qual finalidade? Então, eles podem controlar as correntes de ar, como você?

– Eu não faço a menor ideia.

– Bem, eu acho que... – disse Ana – Talvez eles estejam fazendo testes, afinal, usaram a palavra experimento, não é? É só o que eu consigo imaginar.

– E a trama só se complica... – murmurou Susana.

– Mas o que eles estão testando afinal de contas? – questionou Fernando.

Os últimos minutos transcorreram tensos. A ansiedade transpirava pelos poros de todos. Chico organizou, baseando-se na habilidade que cada um possuía, um plano de ataque caso eles realmente vissem necessidade de chegar às vias de fato com aquelas máquinas de aparência humana. Ana, por não saber lutar e sua habilidade não ser útil em um confronto, ficou de fora da batalha, escondendo-se atrás de uma árvore na orla.

Ainda havia muitas dúvidas flutuando no ar, e o fato de terem parcas informações contribuía muito para todo aquele clima de suspense. Só Chico sabia o que esperar daqueles oponentes, e mesmo assim ainda havia chances de ele estar desatualizado. Susana era a única que não parecia estar apreensiva. Na realidade, era bem pelo contrário. A garota parecia estar entusiasmadíssima para que o embate se iniciasse, dado a confiança que tinha em sua habilidade, que Chico particularmente não conseguiu entender como funcionava, mesmo depois de ela ter explanado meticulosamente.

Quando deu quatro da manhã em ponto, os quatro robôs enrustidos de jovens, ornados em roupas sociais, abriram seus olhos simultaneamente. Expressões analíticas em suas faces, os olhos vasculhando tudo no perímetro, sem moverem-se qualquer centímetro do lugar. Chico e seus amigos ficaram em estado de alerta, tesos e indecisos a respeito do que fazer. Por sorte, instintivamente esperavam pelo primeiro movimento das máquinas antes de tomar qualquer atitude. E foi quando, inesperadamente, um dos robôs finalmente resolveu se comunicar:

– Isso requerer a identificação dos indivíduos adicionais presentes no local do experimento.

– Ahn? – disse Fernando.

– Ele quer nossos nomes. – simplificou Akira. – Não os revelem.

– Checagem no banco de dados concluída. – disse outro robô – Um espécime presente identificado pelo nome de Chico Santana.

– Ei! Como eles sabem seu nome?! – gritou Akira para Chico, que naquele momento sentiu um horrível pressentimento.

– Deixa... pra lá – respondeu Chico, ficando desinquietado. – Depois eu explico.

– Revisão do informe do experimento concluída. – disse outro robô. – Isso requerer senha: 2, 9, 23, 44, 72, 107, 149?

– Ahn?! O que eles tão falando? Alguém traduz pra mim? – disse Susana.

– Essa não... – disse Chico. – É a mesma senha que o outro me pediu antes. Eu não faço a menor ideia. Alguém?

– Mas isso é óbvio! – clamou Akira, confiante. – Não passa de uma simples progressão, gente. Não é preciso ser descendente de orientais para perceber que a resposta só pode ser... – e após uns segundos de raciocínio, gritou: – 198!

Houve um momento de silêncio.

– Senha incorreta. – anunciou um dos robôs. – Conclusão: nenhum dos espécimes faz parte do experimento. Curso de ação a seguir: padrão.

E antes que qualquer palavra conseguisse sair da boca de qualquer um, o robô do meio rapidamente levantou seu braço em posição ereta e disparou dele um raio branco direcionado especificamente para Akira. Não houve tempo para planejar qualquer contramedida, mas Akira já havia se prevenido mantendo sua habilidade em modo passivo, e assim, o ataque do robô chocou-se diretamente contra um campo de força feito de energia psíquica.

– Atacar! – comandou Chico.

E concomitantemente, todos saltaram adiante, seguindo a estratégia que haviam planejado. Os outros robôs também avançaram. Susana voou em cima do que estava à direita e o derrubou no chão. Alexia usou toda a sua força e levitou o que estava à esquerda, deixando-o atarantado. Chico, não sentindo a menor vontade de se segurar, lançou uma rajada de vento contra o robô que sobrou, arrastando-o uns 30 metros pela areia. Em seguida, olhou para o lado e viu Fernando jogando uma bola de fogo contra o robô que estava sendo erguido por Alexia.

– Boa! – gritou Chico para ele.

– Pessoal! – gritou Akira, evidenciando não mais estar conseguindo segurar o raio do robô que o atacava.

Rapidamente, Chico sinalizou com a cabeça para Fernando e os dois combinaram um ataque juntos. Em questão de milésimos, Fernando arremessou uma bola de fogo para o alto e assim que esta ficou posicionada perfeitamente a alguns metros em cima do robô, Chico conjurou um fino redemoinho, que desceu do céu em uma velocidade elevadíssima e, entrando em contato, a esfera de fogo, transformou-se em um redemoinho de fogo, que em poucos segundos envolveu completamente o robô, derretendo sua pele sintética e desnudando-o em um esqueleto de metal semifundido e inoperacional.

– Conseguimos! – celebrou Chico.

– Cuidado! – gritou Alexia, fazendo Chico virar-se para o lado e ver o robô que ele havia retardado a menos de três metros de socar-lhe com toda a força. Aturdido e com a agilidade prejudicada por causa da areia, ele só teve tempo de fechar os olhos e levar os braços à face para proteger-se. Segundos passaram-se e o ataque do robô, porém, nunca o atingiu. Ele, por fim, abriu os olhos e, ali do lado, viu uma cena que o fez estremecer de medo. Era Susana, arrancando com as próprias mãos pedaço por pedaço da criatura mecânica, como se ela fosse uma leoa dilacerando sua presa. A luta havia terminado, e todos apenas observavam os modos animalescos da menina. Uns metros do outro lado via-se o outro robô inteiramente em frangalhos; primeira vítima da garota. Pelo menos agora Chico havia visto na prática como funcionava o poder de Susana, apesar de ainda não o compreender.

# # #

Às 6 horas e pouco da manhã, depois de terem passado o tempo restante após a batalha apenas descansando ou, no caso de Alexia e Akira, atrás do paradeiro de seus skates flutuantes, que eles não se lembravam aonde tinham posto, decidiram dirigir-se ao ponto do trólebus. A claridade da manhã emitida pelo sol ainda tímido no horizonte era o momento que Chico mais apreciava no dia.

– Acho... – disse, tomando coragem para quebrar o silêncio. – Que fomos muito bem. Quando eu enfrentei o primeiro sozinho, eu tive bem mais dificuldade.

Ana, que estava agarrada em seu braço, abraçou-o com mais força. O comentário de Chico, contudo, fora em sua totalidade ignorado. O mais próximo que ele teve de uma resposta foram bocejos e "hãs". Em contrapartida, aproveitando que ninguém prestava atenção, Akira cochichou para Alexia:

– Sabe... eu tive a sensação de já ter visto esses robôs antes...

– Eu também tive – ela o respondeu.

CAPÍTULO #8

Acessando a *deep web*

— Não sei muito bem por onde começar, mas... Acho que temos muita coisa que conversar, não é, pessoal? – disse Fernando aos seus convidados sentados nos sofás ao redor de uma mesinha de centro da sala de seu apartamento, no 11º andar de um prédio de frente à praia. Pela janela do cômodo, via-se, com uma visão privilegiada, o sol se pondo pela última vez naquele mês. Era 31 de março.

– Eu sugiro, antes de qualquer coisa, sigilo a respeito do que vivenciamos esta madrugada. – disse Chico. – Beleza?

– Sigilo absoluto? – arguiu Susana.

– Evidentemente.

– Então, você não falou nada para sua prima, Chico? – indagou Fernando.

– Nem uma única palavra.

– Que assim seja. – Alexia falou, estendendo-se para pegar seu copo de café da mesa de centro.

– Mas, então, o que a gente faz agora? – questionou Ana. – Por onde a gente começa?

– Vamos começar pelo fato de aqueles robôs saberem o nome de Chico. – disse Akira. – Como isso foi possível?

– Ok. – disse Chico iniciando a explicação. – Digamos que eu tenha revelado meu nome no primeiro confronto que eu tive com um deles... Porém, eu juro que eu não fazia a menor ideia de que ele era um robô. Se eu soubesse jamais teria feito isso. Juro!

– Entendo. Mas isso pode ser um problema.

– Um problema?

– Sim, pois agora eles sabem quem você é.

– O Akira está certo. – disse Susana. – Você foi descuidado Chico. Melhor você começar a prestar mais atenção a partir de agora.

– Tomarei.

– Precisamos descobrir o que quer dizer *multipropósito*. – afirmou Akira. – Isso soa de maneira muito vaga.

– Poderia ser qualquer coisa. – completou Alexia.

– Uma coisa eu sei. – disse Fernando. – Não é nome de uma empresa conhecida, ou de marca, ou do próprio robô... Assim como Chico, eu também não obtive nenhum resultado significativo em minhas pesquisas na internet.

– Ah! Só um detalhe... – disse Susana. – Eu acho que o termo correto seria 'androide', porque, afinal de contas, eles tinham forma humana, né?

– Faz sentido. – disse Ana.

– Enfim, não importa. – disse Fernando. – Precisamos é descobrir informações mais relevantes a respeito disso. A questão é: como?

– Primeiramente, – disse Akira – devemos nos preocupar com nossa própria segurança, pois por mais que não saibam nossos nomes, devem ter registrado imagens nossas. E como nós os destruímos, é muito provável quererem vir atrás de nós.

– Então, você acha que de alguma forma eles compartilham informações que adquirem? – perguntou Fernando.

– Ué, se não for isso, como que eles teriam reconhecido Chico, se ele derrotou o primeiro robô com quem confrontou?

– Bem pensando, Akira. – elogiou Fernando. – Você é bem produtivo quando não está bebendo.

A conversa cessou por alguns momentos.

– Eu não sei mais o que pensar a respeito disso. – comentou Chico, irrompendo o silêncio.

– Acho que só tem um jeito da gente descobrir mais informações a respeito desses robôs.– disse Alexia, séria.

– Androides – corrigiu Susana, pigarreando em seguida.

– Certo... Enfim, querem ouvir?

Todos se viraram para ela com expressões tediosas, que queriam dizer "sim".

– Olha, a gente só precisa entrar na *deep web*. – ela falou casualmente. – É muito provável que se houver qualquer informação a respeito do que queremos, só exista lá. Ainda mais se for algo secreto ou ilegal.

– É isso! – exclamou Ana se levantando extasiada do sofá. – Essa ideia é excelente!

– E seria ainda melhor, – disse Susana, o tom de voz desencorajador – se acessar a *deep web* não fosse crime, né? Ou vocês já se esqueceram disso?

– É verdade... – adicionou Fernando. – E eu não quero passar cinco anos na prisão simplesmente por ter acessado uma parte obscura da internet.

– Mas é o único jeito! – disse Alexia. – A gente só precisa acessar de um computador clandestino, ou que não seja rastreado pelo governo.

Chico estava se sentindo deslocado do assunto.

– Os computadores são monitorados pelo governo? – ele perguntou inocentemente.

Todos se viraram para ele incrédulos.

– Você não sabia, amor? – disse sua namorada, gentilmente.

– Não...

– Bem, talvez não todos do país – ressalvou Akira. – Mas todos os que são vendidos e distribuídos aqui em Nova Brasília, com certeza. E é muito complicado libertar um computador das garras do governo, pois existe a possibilidade de eles descobrirem, rastrearem a máquina violada e virem atrás de você. Eu não sei como exatamente, mas já ouvi falar de casos assim. Sem contar que eu não conheço quem poderia fazer isso pra gente.

– Eu realmente não sabia de nada disso. – confessou Chico. – Mas, então, essa tal de *deep web* deve conter informações extremamente bombásticas, não é?

– Vende-se a ideia de que todas as informações do mundo a respeito de qualquer coisa podem ser encontradas na internet. – disse Susana monotonamente. – Só o que não nos dizem é que a maioria esmagadora dessas informações é proibida de ser visualizadas pelo grande público.

– Mas, de uma forma ou de outra, o mundo sempre foi assim. – finalizou Akira.

Outro momento de silêncio se seguiu. Todos, subitamente, tornaram-se absortos em seus pensamentos. Chico resolveu resumir o tópico de uma vez:

– Então, a gente só precisa achar um computador que consiga acessar a *deep web* sem ser rastreado, não é? Acho que já temos um plano em mãos.

– Não vai ser fácil achar um computador nesta cidade que não seja rastreado pelo governo – contrapôs Fernando.

– Pessoal... – disse Ana, voltando a se sentar sofá. – Deixem que eu resolvo isso, ok? – ela sorriu.

Todos os olhares da sala voltaram-se confusos para a garota, que imediatamente ficou sem graça.

– Amanhã... – ela continuou. – Amanhã eu vou ligar pra você, amor, tá? Vou te avisar se eu consegui... E aí você avisa os outros, ok?

Aturdido, Chico balançou a cabeça concordando.

– Conseguir? Mas conseguir o quê? Um computador? – quis saber Fernando.

– Vocês vão ver. Não se preocupem.

E o silêncio mais uma vez instalou-se na constrangida atmosfera. Ninguém mais sabia o que dizer, nem Chico. Estavam todos olhando a esmo para os lados. Um avião decolando ao longe tomou a atenção de Chico pela janela.

– Ei! Mudando de assunto aqui, gente... Ahn... – disse Susana repentinamente, não suportando aquele mutismo geral. – Sabem o que estava lendo antes de ontem? Que parece que as Olimpíadas Paranormais vão ser sediadas na Itália! Já pensou se algum de nós consegue ir para a Itália? Meu, eu chorava!

– Sério mesmo? Que legal! – disse Ana simpaticamente para não deixar o comentário de Susana morrer no limbo do vácuo, já que, pelo jeito, ninguém estava mais disposto a conversar.

– Ah, agora que eu lembrei! – continuou Susana, animadamente, virando-se, para Akira e Alexia. – Vocês voltaram para procurar os skates de vocês no fim das contas?

– Ah, sim. – respondeu Akira, sem muito entusiasmo. – A gente havia enterrado eles na areia e não se lembrava. Típico.

– Exatamente... – corroborou Alexia.

Depois disso, Susana esgotou os possíveis tópicos de conversação que tinha para oferecer. O clima parecia ter ficado um pouco pesado depois da história de acessar a *deep web*. Poucos minutos depois, chegando à conclusão de que não tinham mais nada o que discutir, a reunião deu-se por concluída e foram todos embora.

# # #

O dia 1º de abril chegou e não era mentira nenhuma. Aliás, aquele era o dia da mentira mais às avessas dos últimos anos. Logo pela manhã, antes da faculdade, Ana contatou Chico dizendo-lhe que havia "conseguido", e que era para avisar a todos que eles deveriam ir à sua casa após o término do período matutino.

Já durante a aula, Chico percebeu algo que o fez ficar levemente esmorecido. Até aquele momento, ele não havia ido nem uma única vez visitar a casa de sua namorada, sendo que ela já havia ido até a sua. Certo que agora ele iria, mas, acompanhado de mais quatro pessoas, fazia com que a ocasião se tornasse não muito especial. Entretanto, para seu próprio consolo, uma das principais razões pelas quais ele ainda não havia ido visitar Ana, era o fato de ela morar no distrito vizinho, que era um distrito habitacional. Ou, em outras palavras, a garota morava bem longe.

Na hora da saída, poucos minutos antes do meio-dia, todos, com exceção de Alexia e Akira, encontraram-se na frente da USP.

– Como a gente vai fazer mesmo para ir até lá? – perguntou Fernando.

– A gente vai pegar o mesmo trólebus de sempre, gente. – explicou Ana. – Não se preocupem. Só que, quando descermos na praia, pegaremos outro, o interdistrital.

– Detesto os interdistritais! – comentou Susana. – Diferentes dos municipais, eles são caros e muitas vezes não são muito confortáveis.

– Isso é verdade. – reconheceu Ana. – Mas é a melhor forma. Os VLTs não vão até perto de onde eu moro. E, no fim, teríamos que acabar pegando outra condução do mesmo jeito.

– Mas Ana... – disse Chico. – Será que você não pode nos contar especificamente o que foi que você "conseguiu"? Estamos todos curiosos.

Ela riu levemente.

– Não se preocupe, gente. Apenas confie em mim.

Inevitavelmente, a possibilidade de que ela estivesse preparando uma piadinha de 1º de abril acabou cruzando a mente de todos, ainda mais dado à maneira risonha como ela falava.

– Ah! – disse Ana subitamente. – O Akira e a Alexia confirmaram que vão estar esperando a gente lá no ponto da praia, não é?

– Bem, pelo menos foi o que eles garantiram para mim. – disse Chico.

– Eu realmente espero que eles não tenham bebido hoje... – torceu Susana, preocupada.

– Relaxa, Su! – disse Fernando. – Eles não vão ser tão relapsos assim.

Naquele instante, o trólebus apareceu na esquina.

# # #

A viagem até a casa de Ana ia se dando de forma bem tranquila, mesmo depois de terem se encontrado com Alexia e Akira no ponto da praia. Certamente que o fato de que os dois não haviam ingerido nem uma gota de álcool contribuiu grandiosamente para a sanidade do grupo, que se via em sua totalidade de pé devido à triste realidade de que os trólebus interdistritais sempre estavam lotados.

Cruzando a delimitação dos distritos, tornou-se bastante notório que a designação distrital fazia jus ao local, pois tudo que Chico conseguiu ver pela janela do trólebus foram áreas residenciais recheadas de casas, prédios, condomínios fechados e alojamentos estudantis. Muito raramente percebia-se algum estabelecimento comercial. De acordo com Ana, até existia uma espécie de centro, onde se concentrava o comércio, porém, este era tão vergonhosamente minúsculo que os moradores diziam que ir para lá era apenas brincar de fazer compras, tendo sua serventia reduzida exclusivamente para a aquisição de perecíveis.

De acordo com o celular *slim* de Alexia, tinham sido gastos exatamente 1h15 minutos de viagem até o trólebus finalmente chegar ao ponto em que eles desceram. Chico ficara internamente escandalizado com a beleza artificial da paisagem que vira. Uma área urbana composta exclusivamente por casas e sobrados, o asfalto da rua lisinho, dando a impressão de ter sido recentemente ajustado, calçadas todas padronizadas com o mesmo tipo de piso, árvores artificiais pontualmente posicionadas equidistantemente e um odor de carro novo e simetria que perfumavam o ar.

Ana, todavia, não quis perder tempo com conversas fiadas e já foi logo pedindo que todos a seguissem até sua casa.

Cinco minutos de caminhada e eles alcançaram a casa da namorada de Chico. A residência possuía um só andar, a coloração laranja claro, quase pastel, o telhado em forma de "v", uma garagem vazia e um quintal dividido por uma calçadinha branca, enfeitado com um jardim cheio de diversificadas flores. Havia também uma cerca baixa, limitando a área da casa.

– Casa simpática! – elogiou Susana.

– Obrigada. – respondeu Ana, empurrando a entrada da cerca e pedindo que todos entrassem.

– Minha mãe não está em casa. – avisou a menina enquanto procurava a chave certa para abrir a porta. – E ela só vai chegar bem mais tarde.

– Trabalhando? – deduziu Akira.

– Isso.

De súbito, a chave girou e a porta se abriu.

– Vamos! – disse Ana.

O interior da casa era bastante convencional. Na sala onde estavam não tinha nenhum detalhe que realmente merecesse menção especial. Logo à frente via-se a cozinha e, antes, uma porta à esquerda que provavelmente deveria dar para um banheiro. Porém, Ana pediu que eles a acompanhassem até seu quarto, virando na abertura à direita e indo até a última porta do pequeno corredor. Dentro, depararam-se com uma decoração não muito convencionalmente feminina. Havia o computador, a cama com lençóis azuis, uma janela, o armário e talvez o que realmente chamasse a atenção: incontáveis pôsteres da banda e das integrantes de As Sextinas espalhados pelas paredes.

Susana não conseguiu se conter:

– Você gosta dessas velharias? Que brega!

– Velharias? – repetiu a namorada de Chico em um tom suavemente ofendido e irônico. – Elas são o que toda *girl-band* hoje em dia gostaria de ser, mas não é.

– Ui! – disse Fernando. – Essa doeu, hein, Su?

– Tanto faz... – resmungou Susana não dando importância.

Logo em seguida, sem dizer qualquer coisa, Ana andou até sua cama, abaixou-se e arrastou uma caixa para fora. Todos observaram com olhares ávidos.

– Sabem o que é isso? – disse a menina depositando a caixa em cima de sua cama.

Ninguém fazia a menor ideia do que poderia ser.

E então, sem mais delongas, a garota abriu a caixa e retirou de dentro o que ninguém acreditou ter visto de fato: um *notebook* físico.

Notebooks como aquele já não deviam ser fabricados havia pelo menos uns 25 anos, ainda mais depois que a tecnologia holográfica se popularizou. Os novos notebooks e computadores foram um divisor de águas tão grande que os predecessores destes começaram a ser denominados de físicos, indicando que precisavam de componentes físicos para funcionar.

– O que... ma... ahn... – gaguejou Akira – Como?

– Ana! – exclamou Susana. – Isso é muito antigo! Caramba! Aonde você conseguiu arranjar isso?

– Meu pai é colecionador. E aí eu pedi pra ele e ele me emprestou este – explicou a garota.

– Caramba, amor. Eu nunca imaginaria que era isso que você havia conseguido um computador antigo de fato! – disse Chico. – A única vez que eu vi algo assim foi em uma revista antiga.

– Desculpe fazer tanto mistério, mô.

– Bem, com isso a gente com certeza vai conseguir acessar a *deep web* sem sermos reconhecidos, – comentou Fernando – afinal, duvido muito que algo ultrapassado assim ainda seja rastreado.

– Mas acho que no tempo dessas máquinas eles ainda nem rastreavam os computadores das pessoas. – observou Susana. – Ao menos não de maneira tão agressiva como agora.

– Tanto faz isso agora, pois a questão no momento é: ele funciona mesmo?

– Claro que funciona! – afirmou Ana. – Eu jamais teria dito ter conseguido sem antes ter testado.

– E bem, concordemos que se não funcionasse, essa teria sido a piada de 1º de abril mais sem graça que já pregaram! – concluiu Alexia.

– Mas, então, o que a gente está esperando, pessoal? – indagou Akira, não conseguindo conter sua ansiedade em ir logo fuçar aquela relíquia.

– Você quer ficar encarregado disso, Akira? – questionou Ana sorrindo simpaticamente.

– Me sentirei honrado.

Ana, então, entregou o *notebook* ao sóbrio jovem e disse que ele podia se sentar na cadeira da escrivaninha, depositando a máquina em cima dela. O computador holográfico ficava bem do lado. Animado, Akira foi logo pressionando o botão de *power*, ficando contente ao ver que o *notebook* ligara, indicando que ainda tinha bateria dentro. Ao seu redor todos assistiam à inicialização da máquina como se fosse uma espécie de filme antigo que havia acabado de ser restaurado e era exibido para uma audiência de cinéfilos. O sistema operacional do *notebook* era uma versão antiga do Windows, o Windows 10.

– Dizem que essa versão do Windows não foi muito boa. – comentou Susana.

– Foi o que eu ouvi também. – disse Akira. – Acho que antigamente a Microsoft fazia um sistema bom e outro ruim, e como o 9 deve ter sido bom, o 10 acabou não sendo tanto.

– Então, é capenga, é? – disse Chico.
– Vamos ver agora! – rebateu Akira.

Entrando na área de trabalho, o sóbrio jovem agora procurava entender como funcionava aquilo. Susana apontou para um ícone em forma de "E" e Akira clicou. Segundos depois, abriu-se uma nova janela e eles viram ali o site de pesquisas Google, como página padrão.

– Conseguiu! – comemorou Alexia.
– Uhu! Estamos na internet! – alegrou-se Fernando.
– Agora a gente só precisa descobrir como entrar na *deep web* – concluiu Akira.
– Só um momento... – disse Susana. – Passa o ponteiro em cima daquele ícone ali.

Akira o fez e exibiu-se o seguinte: 2h37 min (73% restantes)
– Acho que isso é o tempo que a bateria vai durar. – deduziu Chico precisamente, e fazendo sua presença no recinto ser notada.
– Se esse for o caso, – disse Ana – então é todo o tempo que temos, pois meu pai me disse que não havia encontrado um carregador.
– Isso é meio preocupante. – disse Alexia.
– Então... Estamos esperando o quê? Não percamos mais tempo! *GO!* – berrou Akira excitado.

# # #

Em torno de uma hora e meia se passou, e pesquisando no notebook, por motivos de logística, ficaram apenas Akira e Susana. O resto do pessoal tinha resolvido ir relaxar pela casa. Fernando e Alexia viam-se deitados nos sofás da sala, conversando e olhando para o teto. Ana e Chico se encontravam observando o jardim, no rosto da garota um olhar desmotivado.

– Tá tudo bem, amor? – Chico perguntou.

– Mais ou menos, mô.

– Por quê? O que aconteceu?

– Sabe... – ela disse reticente – Esta é a primeira vez que você vem na minha casa, e logo na primeira foi por um motivo tão antirromântico...

– A culpa é minha. Eu deveria ter vindo visitá-la antes. Me perdoe, amor.

– Não, não é sua culpa... – ela suspirou. – Não é culpa de ninguém. Foram apenas circunstâncias que não favoreceram.

– Talvez, mas eu podia ter me esforçado mais para vir aqui antes.

– Bobo! – ela sorriu para ele.

Por uns dois minutos os dois não disseram mais nada.

– Amor... – Chico a chamou de súbito. – Posso perguntar uma coisa meio pessoal?

– Claro que pode.

– Me perdoe, é que eu fiquei meio curioso. Mas se não quiser responder não precisa, tá?

– Ok, ok.

– Eu lembro que você tinha me falado que morava só com sua mãe, mas o *notebook* você disse que conseguiu do seu pai, então... isso significa que...

– Sim. – ela o interrompeu. – O meu pai não mora com a gente. Ele e a minha mãe se divorciaram quando eu ainda era pequena.

– Ah... Sinto muito.

– Tudo bem, seu bobo. Isso já faz muito tempo.

Chico virou-se para ela. Seus olhares se encontraram. O que havia para ser dito? Chico amava aquela menina ali do seu lado. E, justamente por isso, bem lá no fundo, ele temia que algo pudesse dar errado, porque é assim que as coisas funcionam. É sempre assim. Não há como chegar ao topo de uma montanha e não ter medo da corda estourar e você acabar caindo e se estatelando todo no chão.

# # #

Quando a bateria do *notebook* finalmente chegou ao seu fim, Akira e Susana foram falar com o pessoal a respeito do que haviam descoberto. A conversa durou mais ou menos meia hora, e todos ficaram emudecidos diante das informações que eles haviam encontrado.

Resumidamente: *Multipropósito* era o nome dos androides e do projeto que havia sido criado e elaborado por um cientista chamado Leonardo de Castro Filho, quando este ainda fazia parte do IEMI.

Inicialmente, o projeto tinha o objetivo de servir apenas como uma unidade robótica padronizada, que iria ajudar as pessoas em aspectos diários de suas vidas de uma maneira bem mais humana e eficaz, porém, esse não era o objetivo de Leonardo, que queria que suas criações se tornassem máquinas de guerra. Quando os outros envolvidos no projeto perceberam isso, juntaram-se, denunciaram-o à diretoria e ele foi demitido. Ele, atualmente, estava desaparecido.

Analisando tudo isso, concluíram que o IEMI pelo jeito também atuava em outras áreas que não fossem exclusivamente relacionadas a paranormais, mesmo que só secretamente, e concordaram que de todo jeito, a melhor atitude a se tomar seria contatar as autoridades responsáveis. Resolveram ir imediatamente a um departamento de polícia revelar o que sabiam e o que haviam descoberto. O único problema (porque sempre tinha que haver um problema), no entanto,, era que as informações que Akira e Susana haviam encontrado não puderam ser salvas em lugar nenhum, pois eles não tinham um dispositivo USB para isso. Afinal de contas, dispositivos USB já eram tecnologia obsoleta. Mas, de qualquer forma, tinham anotado os endereços dos sites caso viessem a precisar futuramente. Era o tipo de informação que não poderia ser entregue à polícia, pois se ela visse que aqueles sites estavam todos na *deep web*, eles seriam presos. As chances estavam contra eles.

Ignorando todas as possibilidades de algo dar errado, foram à delegacia de polícia mais próxima. O resultado da visita, contudo, não foi nada além do esperado: ninguém acreditou neles, mesmo depois de duas horas de insistência. Alguns oficiais mais céticos até chegaram a pensar que talvez fosse uma piada de 1º de abril.

Às 19h, despediram-se de Ana em frente a sua casa e rumaram atrás de um trólebus para voltarem ao seu distrito e tentarem decidir o próximo passo que iriam tomar.

CAPÍTULO #9

Prelúdio para um desastre

— Chico, eu me lembrei de algo importante! – soou a voz de Akira assim que Chico relutantemente atendeu seu celular.

— Cara, são 5h da manhã... O que você lembrou?

— Desculpa, é que eu só cheguei em casa agora. Mas, enfim, eu e Alexia já tínhamos enfrentado aqueles robôs antes! – ele contou. – Faz pouco mais de um mês.

— Foi mesmo, é? – disse Chico surpreso. – Como aconteceu exatamente?

— Eu e Alexia estávamos andando na rua quando vimos uma confusão acontecendo em uma loja. Entramos e vimos um cara que era igualzinho aos que a gente enfrentou na praia, atacando as pessoas e fazendo mó estardalhaço. Eu e a Alexia tentamos impedi-lo e no final ele fugiu. E a gente também saiu de lá. E isso foi de dia, cara, por volta das 2h da tarde.

— Curioso... – disse Chico. – Então, isso significa que eles não atuam apenas na madrugada. Mas, ei, por que vocês não nos disseram antes?

— A gente esqueceu.

Chico respirou profundamente.

– Ah, sabe como é, né? – continuou Akira. – Eu e a Alexia muito provavelmente devíamos já estar um pouco bêbados.

– Entendi. Bem, muito obrigado pela informação.

– Nem esquenta. Valeu.

E a ligação dos dois concluiu-se.

Naquela manhã, já fazia pouco mais de uma semana desde que eles haviam descoberto as informações a respeito dos androides *multipropósito*, e em detrimento disso a rotina de todos havia mudado um pouco. Eles saíam menos e sempre acompanhados. A princípio ficaram todos apreensivos de que algo pudesse acontecer, de que quem quer que estivesse controlando os androides, pudesse mandá-los atrás deles. No entanto, ainda não haviam decidido o que fazer a respeito, que tipo de atitude tomar. Não sabiam o paradeiro do cientista que os criara e nem quanto perigo aqueles androides poderiam mesmo representar. A polícia não acreditava neles e, sem provas concretas, muito provavelmente ninguém iria.

Três dias antes, Susana havia sugerido que eles procurassem algum outro desses robôs e o seguissem até a base. Os outros, contudo, acreditavam que seria arriscado demais, principalmente por não terem a menor ideia do que iriam fazer chegando à base do cientista. Chico dissera a eles que talvez o momento fosse para tomar cautela, relaxar e planejar algo melhor, pois não adiantaria nada eles agirem euforicamente. E foi o que todos concordaram fazer.

Durante a aula daquela terça-feira, Chico encontrava-se ligeiramente enfastiado. Quem estava lecionando era a professora Penélope, de história da paranormalidade, que dentre todos os professores, conseguia ser a mais irritante e desinteressante. A voz nasal e a atitude displicente dela já haviam feito inúmeros alunos desistirem de tentar entender qualquer coisa que fosse. Muitos ainda não haviam entendido quais implicações que os paranormais da Idade Média, que trabalhavam para a Igreja, tiveram para a época. Também não haviam compreendido que a Revolução Francesa só fora possível com a ajuda de paranormais no front de batalha. Uma quantidade ínfima havia assimilado os motivos que fizeram a primeira metade do século XX ter entrado para a história como a Idade Negra dos Paranormais, já que não se ficou sabendo a respeito de nenhum paranormal relevante que tenha vivido naquele tempo (a maior parte não passou de charlatões ou pessoas que mal conseguiam mover uma caneta com a mente; este último fato, aliás, durante todo o século). Era fato que o caos se instauraria quando a professora começasse, enfim, a explicar em detalhes sobre as pesquisas da U.R.S.S. com poderes paranormais.

No final da aula, Ana se levantou de sua carteira e foi falar com Chico. A classe já se esvaziava, como de costume.

– Amor, por que você tá assim, meio pra baixo? – ela perguntou ao sentar-se na carteira atrás dele.

– Ah, não é nada, amor. Não se preocupe...

– Ainda tá preocupado com o lance dos androides? – ela deduziu. – Porque se for, deixa disso. A gente está tomando cuidado. Não vai acontecer nada.

– Será? Como você pode estar tão confiante disso?

– Porque nós todos estamos juntos nessa. Eu, você, o Fê, a Su, o Akira e a Alê. Se estivermos juntos, nada pode nos acontecer. Nada! É no que eu acredito, pelo menos.

Chico abaixou sua cabeça, sorrindo singelamente. Por uma fração de milésimos sua boca se abriu para dizer algo, mas mudara de ideia no derradeiro instante.

– Ah... que fofo, gente. – disse Fernando, chegando ao lado deles. – Então, agora nós somos uma espécie de liga da justiça?

– Ah! Que susto! – disse Ana. – Onde que você tava, garoto?

– Eu tinha ido ao banheiro, ué.

– E aí, cara. – saudou Chico.

– Eita! – disse Fernando. – Que desânimo todo é esse, cara? A aula da tia Pê foi tão ruim assim pra você?

– Nem foi isso, cara. Na realidade, nem sei dizer bem o que é.

– Cara, – disse Fernando se sentando em sua carteira – a gente vai ficar bem. Não esquenta. Não vai acontecer nada.

– Eu realmente espero que não aconteça nada, cara.

Ana olhou para Fernando e os dois não souberam mais o que dizer.

Quando a segunda aula começou, quem entrou na sala para lecionar foi o professor Eduardo Amorim, de teoria da paranormalidade. O mais carismático dos professores, e definitivamente o preferido da galera. Alguns perceberam que ele vinha fazendo regime e perdendo sua pancinha característica, justamente o que fazia outros imaginarem que ele talvez acabasse ficando sem graça. De qualquer forma, a primeira coisa que o professor fez foi pedir a todos que tivessem comprado o livro Teoria Básica da Paranormalidade, vol. 1, que abrissem na página 82, e o resto podia juntar as carteiras. A prazerosa aula passou voando, como já era de praxe.

# # #

No final do período, sem mais nem porquê, Chico discretamente chamou Ana para ter uma conversa em particular no canto da sala. Após alguns minutos de diálogo, a garota foi-se embora sozinha e com a face suavemente umedecida.

– Cara, você não fez o que eu estou pensando que você fez, não é? – disse Fernando se aproximando dele.

– O que você acha que eu fiz?

– Você terminou com ela, não foi?

– Não. Eu pedi para ela que a gente desse um tempo.

– Por que você fez isso, cara?

– Era melhor. É melhor que eu não mantenha relações amorosas da maneira como eu estava mantendo com ela, pois se os androides voltarem atrás de mim, eu não quero que ela se machuque.

– Então a proteja. Você é capaz disso.

– Não 24 horas por dia, cara.

– Isso tá parecendo aqueles clichês de super-heróis que terminam seus relacionamentos, ou os evitam, justamente por terem medo de pôr seus parceiros em risco.

– Não é um clichê. – rebateu Chico. – Se chama bom-sensi. Se aqueles androides vierem atrás de mim, e quem estiver por trás deles souber que ela é minha namorada, com certeza usará isso contra mim.

– Talvez você esteja certo. – reconheceu Fernando. – Mas você nem sabe se aqueles androides virão mesmo. Você nem sabe se o cara que está por detrás deles realmente vai se importar em vir atrás de você. E outra, Ana também estava na batalha. Se eles quiserem ir atrás dela, não vão precisar relacionar ela a você, cara.

– Ela passou a maior parte do tempo escondida. Os androides não a viram. Então, é melhor que ela continue "escondida", se é que me entende. E, bem, eles sabem meu nome. – lembrou Chico. – E nós destruímos quatro androides naquele dia. Tenho certeza de que o cara por trás deles vai sentir falta.

– Será? Acho que você está paranoico. E se por um acaso só houvesse cinco androides ao todo. Contando com aquele que você derrotou antes, nós acabamos com todos?

– Acho muito improvável.

– Ainda acho que o que você fez foi totalmente sem propósito, Chico.

– É só até essa situação se resolver, cara. Depois que a poeira baixar, aí a gente pode voltar. Se ela quiser ainda, é claro...

– Bem, você quem sabe... – desconversou Fernando.

# # #

Naquela noite, Chico resolveu ficar debruçado na janela do apartamento de sua prima. Observar a noite era um belo passatempo, talvez dos mais poéticos. E como sua mente não se assentava, dormir não seria muito fácil de qualquer forma.

– Já está aí há quantas horas, primo? – disse Elis ao sair de seu quarto para ir tomar um de seus rotineiros copos de café.

– Acho que umas duas.

– Você não se cansa? – ela perguntou enquanto derramava o líquido preto em uma xícara.

– Eu não me canso de fazer o que me dá prazer, prima.

– E às vezes exagera, não é?

– O que você quer dizer com isso?

Ela saiu da cozinha com a xícara na mão e foi se sentar no sofá.

– Primo, por que a gente não conversa um pouco? Faz tempo que a gente não tem uma conversa.

Incapaz de imaginar qualquer objeção a respeito de ter uma conversa com sua prima, Chico retirou os antebraços do parapeito e foi se sentar no sofá ao lado dela.

– E aí, como cê tá, primo?

– Podia estar melhor.

– Como? Por quê? Aconteceu alguma coisa?

– Aconteceu...

– Não quer me falar, não?

– Eu não sei se eu devo.

– Por que não deveria? Não confia em mim não, priminho?

Chico não respondeu.

– Tá bem, talvez eu não tenha dado muitos motivos para você confiar em mim, mas... – ela pensou por uns segundos. – Será que você não pode me dar mais uma chance, não?

– Talvez.

– Talvez?

— Bem, se você me disser exatamente aonde você trabalha...

— Mas primo, eu já disse que eu trabalho em um supermercado lá no centro.

— Eu quero o endereço, senão fica muito vago. Você mesma disse para mim que mentiria se fosse necessário, não lembra?

— Eu sei que eu disse isso, e eu estava falando a verdade, mas...

— Oxe. Se você trabalha mesmo em um supermercado, então me diz o nome do lugar. Apenas isso.

— Não posso dizer o nome do lugar, a diretoria do supermercado não me permite. – ela virou os olhos.

— Que espécie de ordem é essa? Quer dizer que os funcionários são proibidos de fazer propaganda do próprio estabelecimento onde trabalham?

— É complicado, primo.

— Tá vendo? É por isso que eu não consigo confiar em você, prima.

— Você está certo.

Ela se recostou no sofá e deu um gole em seu café. O olhar sério fitando a parede vazia a sua frente.

— Mas se quer saber mesmo – disse Chico de súbito – Eu dei um tempo com o meu namoro ontem.

— Sério? – ela se virou surpresa para seu primo. – Por que você fez isso?

— Eu... tive meus motivos.

— Ela te traiu? Você a traiu? Vocês brigaram? Você não ama mais ela? Ela não te ama mais?

— Não, não foi nada disso, prima. Na realidade, longe disso.

— Então, por quê?

— Isso eu não posso te falar. Sinto muito.

— Hum... Você a amava demais, não é?

— Muito. Dar um tempo com ela foi uma das coisas mais difíceis que eu fiz na minha vida.

— Mais do que enfrentar aquele valentão na faculdade?

— Bem mais, pode ter certeza.

Elis soltou um suspiro.

– Por isso que a gente não deve amar tanto tão rapidamente, primo. Confia em sua prima ao menos em relação a isso. Tenho muita experiência nas estradas do amor.

– Nas estradas do amor?

– Nos caminhos do coração, nas artimanhas do relacionamento, nas vias da paixão, no jogo do afeto, você que escolhe.

– Não sei se entendi muito bem...

– Isso não importa. O que é importa é que você pode contar comigo para essas coisas, ok?

– Vou pensar no seu caso, prima.

– Pense com carinho. – ela deu uma piscadela para ele e se levantou. – E não se preocupe, primo. Tudo vai se resolver no final.

Observando sua prima entrar no quarto e se fechar lá mais uma vez, Chico não conseguia deixar de pensar na capacidade dela de sempre se safar de lhe explicar o que ele queria saber. Uma hora isso teria que mudar. Uma hora...

# # #

Na manhã que se seguiu, Chico e Fernando chegaram o mais cedo possível para a aula que seria do professor Reinaldo Heráclito. Contudo, adentrando à sala, viram que alguém já estava lá: Ana. Ela ainda parecia meio deprimida e ouvia música em seu fone *wireless*. Chico olhou para ela e ela olhou para Chico, no entanto, nada disseram um para o outro.

– Eu acho que você deveria ir falar com ela. – sugeriu Fernando assim que os dois se sentaram em seus respectivos lugares.

– Uma hora eu irei, mas cada coisa em seu tempo. – respondeu Chico. – Eu disse pra ela exatamente o porquê de querer esse tempo, então, eu só posso esperar que ela compreenda.

– Bem, vou parar de me intrometer. – disse Fernando. – Mudando de assunto. Por que será que eles trocaram os horários de ontem com hoje, hein?

– E inverteram também. Bem, pelo que eu ouvi falar, foi porque a professora Penélope estava com dificuldades para vir nas quartas.

– Afê! Essa professora tá sempre empacando nossas vidas de algum jeito.

– Acho que eu sou obrigado a concordar com isso um pouco.

E os dois continuaram jogando papo fora até o professor e o resto dos alunos chegarem, sendo que em nenhum momento Chico se virou para ver Ana.

A aula do professor Reinaldo Heráclito correu exatamente como o esperado, de maneira monótona. Na semana anterior ele havia começado as aulas práticas e alguns alunos que ainda desconheciam qual era o seu poder tinham se descoberto excelentes telekinéticos. Todos os outros que já possuíam suas habilidades despertas tinham que única e exclusivamente ser capazes de pelo menos mover um grão de arroz cinco centímetros pela prancheta da carteira. Após isto, estariam automaticamente dispensados da aula.

Para ajudar, o professor usava seu celular para reproduzir os prelúdios compostos por Bach e arranjados por Mozart, todos os cinco, um atrás do outro, e quando acabava ele colocava para repetir. Ninguém, porém, entendia muito bem como que aquelas músicas poderiam ser de qualquer assistência. Chico, Fernando e Ana ainda não tinham conseguido o feito simples, mesmo que contra todas as expectativas Anderson o tivesse. Obviamente que a classe inteira desconfiava de uma possível trapaça, só que, na ausência de provas, todos apenas especulavam e maldiziam.

Ao término da classe, Chico, Fernando, Ana e quase todo o resto dos outros paranormais ainda não haviam sido capazes de completar a tarefa.

– Eu me pergunto se algum dia a gente vai mesmo conseguir mover um objeto com a mente – disse Fernando a Chico.

– Bem, é por isso que nós só temos duas semanas de teoria e o resto do semestre de prática. Deve ser mais ou menos o tempo que paranormais com poderes despertos acabam demorando para desenvolver outro.

– É, pensando bem, deve ser isso mesmo.

Neste instante, Ana passou por entre os dois e seguiu para o intervalo do lado de fora da classe, sem nem sequer voltar-se para eles. Chico suspirou.

– Acho que agora ela realmente está se esforçando para dar esse tempo entre vocês. – disse Fernando.

– Pois é... e eu nem posso reclamar.

– Se reclamar, eu serei obrigado a dizer que eu te avisei.

– Pode dizer. Acho já estou começando a me arrepender.

– Sério?

– Sério. Mas de uma forma ou de outra minha razão me impede de pensar que tenha sido uma decisão ruim.

– Acho que não é sua razão e, sim, sua teimosia. Ou seria o orgulho heterossexual de não conseguir admitir que cometeu um erro e ir lá consertar?

– Nem. É a minha razão mesmo.

– Se você diz...

Os minutos do intervalo se passaram vagarosos para Chico. Ele sentia um vazio no peito, sentia falta de algo, de Ana, mas nada podia fazer a respeito naquele momento. Conversar com Fernando era legal, mas não era a mesma coisa. Até quando será que ele teria que continuar suportando esse tempo entre eles? Será que ela não resistiria e viria chorando para ele pedindo para voltar? Ou será que ele que acabaria sucumbindo? Só o tempo do tempo que eles tinham dado iria responder a estas perguntas.

Chico estava começando a compreender que dar tempo em um relacionamento era como brincar de uma versão angustiante de vaca amarela: ninguém quer comer a bosta, mas é muito difícil resistir.

Iniciando-se a aula de psicologia, a professora Amarílis começou a tratar a respeito do dano psicológico que o uso excessivo dos poderes paranormais poderia acarretar no usuário. Fernando, que não estava conseguindo entender nada, resolveu tagarelar para Chico a respeito da aparência dela.

– Sabe, acho que ela podia andar mais arrumadinha – ele murmurou discretamente. – Porque olha só pra ela! Ela é magrinha, tem altura mediana, os cabelos são pretos, longos, o rosto é ajeitadinho e os olhos são verdes, cara! Ela tem olhos verdes! Por que ela tem que ficar vestindo essas roupas que parecem que foram da mãe dela? Eu não me conformo. E essa monocelha tentando surgir? Custa nada dar uma aparada, né? Ah! E também trocar a armação dos óculos seria bom, pois acho que até você vai concordar que vermelho não combina com saia verde-musgo, blusa branca e salto bege. Além do mais...

E antes que Fernando pudesse continuar a sua descrição analítica e crítica a respeito do visual de Amarílis, Chico o interrompeu, murmurando de volta:

– Eu concordo plenamente com você, cara, mas tenta prestar atenção na aula, senão depois eu não vou te ajudar com a matéria, ok?

– Afê chato.

# # #

No final da aula, Chico e Fernando viram mais uma vez Ana passar por eles sem dizer absolutamente nada. Era aparente que, pela parte da garota, a distância entre os dois só iria aumentar. Em poucos momentos, todo o resto dos alunos esvaziara a classe, deixando apenas Chico e Fernando para trás. O rapaz, que havia se transferido para Nova Brasília fazia pouco mais de um mês, desfalecia de um jeito que até então não havia experimentado. Será que ele havia mesmo tomado a decisão correta?

CAPÍTULO #10

O que aconteceu aqui?

Voltando solitariamente para o apartamento de sua prima naquela quarta-feira, Chico caminhou sentindo o tempo todo como se algo estivesse fora do lugar. Teria ele se acostumado tanto assim a sair sempre acompanhado de sua namorada e com ela esperar seu trólebus e por falta disso agora sentia sua existência incompleta? Teria o propósito de seu viver se perdido temporariamente? Ou será que estaria ele intencionalmente exagerando o que sentia para que, no final, sucumbisse à sua própria vontade de acabar com aquilo de uma vez? Muito mais provável. Mas, independente do que fosse, cada passo que dava a frente, era como estar retrocedendo, como estar se encaminhando para o ponto de onde saíra, porém, agora desprovido até do pouco que lhe fora necessário para iniciar a jornada. Chico não estava bem, e quando enfim começou a distinguir o prédio de sua prima, notou incomum movimentação se dando por lá. Instigado pela curiosidade, correu o restante dos metros que faltava.

– O que houve? – ele perguntou a uma senhora que estava do lado de fora observando o alvoroço de pessoas que iam para lá e para cá sem saber o que fazer.

– Um bando de rapazes invadiu o prédio e sequestrou a síndica – ela o respondeu.

– O quê?! Você está falando sério? Quando foi isso?

– Faz pouco mais de 40 minutos, meu jovem. Eles foram entrando e vasculhando apartamento por apartamento até chegarem ao da síndica e a levarem.

– Que horror! E eu que achava que esta cidade fosse um pouco mais segura que as outras.

– Espera um momento... – disse a velhinha se virando para Chico com uma expressão de fascínio no rosto. – Você não é o rapaz que vive com ela, não?

– O quê? Eu? Eu vivo com a minha prima. Nunca vi a síndica do prédio, para falar a verdade.

A velhinha cerrou a vista um pouco mais e disse novamente:

– Meu jovem, eu tenho certeza de que você é o jovem que vive com a síndica. O nome dela é Elis.

Terminando de processar o que aquela senhora acabara de lhe dizer, Chico sentiu o mundo inteiro parar de girar sob seus pés. Poderia ser apenas uma infeliz coincidência que sua prima e a síndica tivessem o mesmo nome? Ou seria esta a infeliz verdade que sua prima, além de ser a síndica, tinha sido sequestrada? Só havia uma maneira de descobrir.

– Com licença... – disse Chico, partindo em disparada para dentro do prédio.

– Não meu jovem, espere! – gritou a senhora inutilmente. – Os policiais já estão no prédio vasculhando o perímetro... Você não pode... entrar. – segundos depois ela resmungou: – Jovens.

Subindo as escadas apressadamente, Chico ia ignorando toda e qualquer tentativa dos policiais de fazerem com que ele parasse. Tudo o que eles diziam entrava por um ouvido de Chico e saía pelo outro sem ter qualquer chance de ser considerado uma análise.

De frente ao apartamento de sua prima, ele parou para respirar um pouco de coragem. Em seguida, chutou a porta em um arrombo que soou por todo o corredor. Ele não entendia muito bem por que havia usado de modos tão rudes, mas se encontrava nervoso demais para pensar racionalmente o que estava fazendo. Com a porta caída no chão, revelou-se para Chico um ambiente inteiramente fora de ordem. Não era o mesmo apartamento que Chico deixara aquela manhã antes de sair para a faculdade. O que podia significar apenas uma coisa: era sua prima a síndica que havia sido sequestrada. Mas por quem? Chico despencou de joelhos no chão. Quem poderia ter feito isso? Era a perguntava que não saía de sua mente. Quem? Por quais motivos? Será que ele poderia ter impedido se estivesse com ela? Por que aquilo estava acontecendo? O que havia acontecido ali, afinal?

Instantes depois, apareceram dois policiais por trás de Chico.

– Perdão, meu jovem, – disse um deles. – mas você não pode entrar aqui nesse momento e... você arrombou a porta?

– Ou será que por acaso você seria conhecido da vítima? – questionou o outro policial, tendo notado o estado desassossegado no qual o rapaz se encontrava.

Chico balançou a cabeça confirmando.

– Amigo? Parente?

– Primo. – respondeu Chico, quase inaudível.

– Você chegou agora, não foi?

– Sim.

– Mas, de qualquer forma, você não pode ficar aqui. – insistiu um dos policiais.

– Eu só queria... – murmurejou Chico – saber... o que aconteceu.

Os homens enfardados trocaram olhares desalentados.

– Certo. – falou um deles. – Já que você é parente da vítima, acho que podemos contar o que sabemos. O seguinte: de acordo com o relato de vizinhos, três jovens, que pareciam trigêmeos, adentraram o local e levaram sua prima embora depois de uma sessão de gritos e barulho de objetos sendo arremessados. Fisicamente, eram todos de tamanho mediano, caucasianos quase pálidos e vestiam exatamente as mesmas roupas sociais.

Era inconcebível para Chico que aquela descrição estivesse realmente lhe remetendo aquilo. Será que podia ser isso? Eles realmente haviam voltado para ir atrás de sua prima? Mas como? Como eles poderiam saber disso? Estava tudo excessivamente confuso para o rapaz.

– Mas, jovem, por mais que você seja relacionado à vítima, você não possui permissão para ficar aqui. Então, agora que já lhe contamos o que sabemos, por favor, levante-se.

Chico obedeceu e se ergueu do chão, contudo, ao invés de se retirar do local, propôs aos policiais:

– Me perdoem, eu sei que eu não deveria estar aqui, mas será que eu não posso dar uma última olhada no apartamento? Só para ver se eu não acho nada?

– Veja bem, nós ainda não vasculhamos direito esse apartamento, digo, o apartamento da vítima. – explicou um dos guardas. – Estamos esperando uma equipe especial chegar. Então, não acho que seria correto deixarmos um civil fazer isso antes.

– Eu sei, senhores. Mas é só para desencargo de consciência – insistiu Chico, o olhar consternado. – Eu morava com ela, e se ela não for encontrada, eu não vou ter aonde morar... Entendem o meu drama? É por isso que eu realmente queria ajudar.

– Bem... er... O que você acha? – disse um dos policiais para o outro.

– Olha, ele é primo dela e conhece o apartamento. E como a equipe especial ainda não chegou, creio não ser de todo mal a ajuda externa... Sem contar que ele já arrombou a porta.

– Ok. – concordou o outro guarda. – Você tem cinco minutos, filho.

– Muito obrigado, senhores. – agradeceu Chico.

E os dois enfardados deixaram Chico a sós e foram terminar o interrogatório com os outros moradores do prédio.

A primeira vista só parecia haver destroços mesmo. Na sala e até na cozinha os móveis e a mobília decorativa estavam todos jogados pelo chão e revirados. O teto e as paredes estavam todas rachadas, e os pedaços espalhados por toda parte. Na geladeira da cozinha e em alguns outros cantos do apartamento, Chico notou a presença de buracos de mais ou menos uns cinco centímetros de circunferência. Era evidente que eles haviam tentado atingi-la com os raios, mas erraram, por sorte. Quer dizer, não dava para deduzir que os raios haviam errado sua prima, mas era o que ele queria acreditar. Um calafrio subiu pela espinha de Chico, e ele resolveu seguir para o quarto dela.

Dentro do quarto parecia estar tudo intacto, o que, em outras palavras, queria dizer que a ação toda só havia se passado na sala e na cozinha. Chico pensou que isso era bom, pois agora ele poderia inspecionar com mais precisão.

No banheiro ele não viu nada de anormal, além da necessidade de todos aqueles produtos femininos para o cabelo e para pele. No guarda-roupa, só viu vestimentas e algumas caixas de calçados amontoadas uma em cima da outra que, por pouco, não desmantelavam-se para o lado. Pelos cantos do chão apenas pó e fios do cabelo de sua prima, mostrando como fazia tempo que ela não varria o chão de seu quarto, sendo o completo oposto de Chico, que desde que passara a viver com ela fora encarregado de limpar a sala e a cozinha, tarefa que ele cumpria dia sim, dia não, religiosamente.

Dando uma pausa para olhar o seu celular, Chico notou que só tinha mais um minuto. Imediatamente, virou-se para a escrivaninha e adiantou-se a examiná-la. Na parte superior, além do projetor do computador holográfico, apenas papéis em branco. Do lado direito inferior havia uma série de gavetas que ele começou a inspecionar. Na primeira ele não viu absolutamente nada. A segunda igualmente vazia. A terceira continha teias de aranha. Já a última ele não conseguiu abrir estava trancada.

– O que será que tem aqui? – murmurou.

Deixando qualquer hesitação de lado, usou de toda sua força e puxou a gaveta para fora. Dentro, viu o que pareciam ser documentos impressos. Pegando o bolo de papel para iniciar um exame mais minucioso, viu escorregar para o chão uma espécie de cartão. Deixando os papéis de lado, ele tomou o cartão na mão e viu que se tratava de um crachá. Nele havia uma foto 3x4 de sua prima e a sigla IEMI estampada no canto superior. Ele parou por um instante, tendo dificuldades para absorver aquela informação. O que aquilo significava? Segundos depois pasmou-se boquiaberto ante a descoberta. Sua prima trabalhava no IEMI? Era isto que aquele crachá indicava? Rapidamente, ele o colocou no bolso de sua calça e se levantou. Algo não estava certo. Não eram apenas as coisas do apartamento que estavam fora do lugar. Ele precisava ir atrás de sua prima, pois ela obviamente, devia-lhe boas explicações a respeito do que estava acontecendo.

Correndo, Chico saiu do quarto ignorando completamente os policiais que tentaram falar com ele. Desceu as escadas pulando degraus quando achava conveniente, alcançou o térreo, cruzou todas as pessoas que ainda estavam completamente perdidas a respeito do que fazer, incluindo a senhora que lhe informara a respeito da situação, e continuou de lá em direção a USP. Não que ele tivesse qualquer assunto importante para resolver em sua Universidade, mas é que fora o primeiro lugar que passara em sua mente para o qual poderia correr.

No caminho, retirou seu celular do bolso e usou o recurso de voz para ligar para Fernando.

– Atende, atende, atende... – dizia ele enquanto corria desvairadamente.

– Mochi, mochi? – disse Fernando ao atender a ligação.
– O quê?! – exclamou Chico impacientemente.
– É que eu acabei de ver um anime, desculpa.
– Esquece. Só me responde: aonde fica mesmo o prédio do IEMI?
– Fica no centro, naquela praça que a gente te levou naquele dia. Por quê?

Sem responder nada a Fernando, Chico terminou a ligação e continuou em direção ao ponto de frente a USP. Ele agora tinha um destino.

# # #

O coração de Chico batia acelerado enquanto ele esperava no ponto pelo trólebus que o levaria até o centro da cidade. Agitado, de braços cruzados e batendo seu pé no chão compassadamente, atraía sem querer a atenção de transeuntes desocupados, que o olhavam com olhares repreensivos. Muitos questionamentos haviam brotado em sua mente. Ele estava confuso, apreensivo, com pressa e com fome. Quem, afinal de contas, era sua prima? Por que ela havia oferecido o seu apartamento para que ele tivesse onde morar? Como e por que ela havia entrado em contato com a família de Chico lá em Salvador? Será que ela, de fato, era sua prima? Faltavam poucos minutos para meio-dia e meia e, para piorar tudo mais um pouco, ele não havia comido nada na lanchonete da faculdade durante a manhã.

Foram apenas pouco menos de cinco minutos de espera em que Chico se viu a ponto de enlouquecer e por pouco não transpos uma das principais leis da cidade, que era a de não usar poderes paranormais em espaço público. Seu transporte, contudo, finalmente chegou e ele embarcou sem olhar para trás.

O veículo estava abarrotado de gente, cuja grande maioria compreendia estudantes de outras universidades e escolas. Todos se dirigindo para o centro da cidade. Em contrapartida, nenhum com tanta necessidade quanto Chico, que naquele 'ensardinhamento' humano, via-se prestes a perder o controle e gritar em alto e bom tom para todos ouvirem, algo nas linhas de: "Por que vocês não esperaram por outro ônibus?! Será que todos têm mesmo que vir no mesmo veículo juntos assim?"

Ele, porém, nada disse. Mas algo naquele instante se tornou evidente para ele: cidades grandes sempre teriam problemas de cidades grandes, não importando o quão aparentassem ser modernas nas fotos.

Vinte minutos foi o tempo gasto para que Chico fosse levado ao seu destino. Ele desceu do trólebus, respirou fundo e iniciou uma melindrosa inspeção nos arredores para se certificar de que não havia nada nem ninguém suspeito às espreitas, pois o rapaz sentia-se como no clímax de um filme ou livro, e ele bem sabia que eram nesses momentos que deveria ser bem precavido, pois as coisas já estavam suficientemente complexas para que ele se desse ao luxo de ser pego de surpresa.

Satisfazendo sua desconfiança, ao perceber que a movimentação do fluxo de pessoas estava fluindo de maneira bastante ordinária, avistou o prédio do IEMI e partiu sem olhar para os lados ao atravessar a rua. Mas tudo bem, ele podia.

A construção transparecia um ar de imponência e importância, e era visualmente dividida em duas partes distintas, a parte de baixo e a de cima. Na de cima elevavam-se seis pisos pintados de preto, com enormes janelas de vidro foscas, todas fechadas. Na de baixo ficava a fachada, que era composta de uma escadaria de enormes degraus pretos de mármore, com corrimões repartindo-a em quatro seções, que levavam à mesma entrada principal, uns três metros e meio do solo. A entrada era um enorme portão de aço de uns 2 m e meio de altura e 1 m de largura, com a sigla IEMI pintada bem no meio. Vigas de sustentação feitas de pedra, que remetiam à arquitetura grega, multiplicavam-se de cada lado da entrada, suportando uma espécie de teto triangular, que servia como divisória das partes da estrutura. Na parte frontal do teto triangular via-se mais uma vez a sigla IEMI, que Chico até aquele crucial momento ainda não sabia o que significava.

Um lampejo de esperteza atacou sua mente e ele resolveu dar uma olhada no crachá de sua prima mais uma vez. Desafortunadamente, o crachá também não exibia qual era o significado, fato este que podia ser considerado, no mínimo muito peculiar.

Observando cuidadosamente os detalhes da porta, Chico percebeu que não tinha como entrar. Não havia qualquer maçaneta, botão, fechadura, trava ou qualquer outro detalhe que evocasse, nem que precariamente, a possibilidade de que aquela porta podia ser aberta. Para que tanto mistério? Para que toda aquela segurança? Seria insegurança? Medo? Paranoia? Será que o IEMI tinha algo tão escuso a esconder a respeito de suas atividades e por isso precisava ser tão indecifrável? Chico sempre acreditara que organizações do governo tivessem que ser transparentes, porém, aquela era um verdadeiro soco na cara de quem tinha essa ilusão.

– Chico Santana? – disse uma voz masculina grave por atrás de Chico.

O angustiado rapaz virou-se para trás e viu ali, com o pé no primeiro degrau da escadaria, um sujeito de terno, gravata e sapatos todos pretos. No rosto, óculos de sol preto. Na mão, uma maleta igualmente preta. Chico não conseguia acreditar e, sem pensar duas vezes, gritou para ele:

– Você não está com calor não, cara?!

– Na realidade, estou. – respondeu o sujeito afrouxando sua gravata. – Mas isso não importa.

– Sei. Mas como você sabe meu nome? Quem é você?

– Um momento. – disse o homem, iniciando a subida nos degraus.

— Então? — disse Chico assim que ele chegou à sua frente. — Você por um acaso trabalha aqui, é isso?

— Sim, trabalho. Mas meu nome não é importante, antes que você me pergunte.

— E como você sabe meu nome?

— Nós sabemos o nome de todos os paranormais de Nova Brasília. Acho que você já deve ter ouvido falar a respeito do Instituto Especial Municipal de Inteligência. Não?

— Ah, então é isso que significa. Tava começando a achar que fosse algum segredo.

— Não é segredo, mas também não é necessário que as pessoas saibam. Entende?

— Ok, mas o que você quer comigo?

— Só para confirmar, você é Chico Santana, não é?

— Não, meu nome é Roberval.

— O quê? — exclamou o homem espantando-se.

— Brincadeira, cara. — disse Chico, dando uma risadinha. — Sou eu, sim.

— Certo. Então, você está preso, Sr. Chico Santana.

— O quê?! — sobressaltou-se Chico.

O homem, então, começou a rir.

— Brincadeira. Só pra mostrar que nós, do Instituto, também temos senso de humor, viu?

Tendo ficado sem reação, Chico não soube o que dizer. Aquele cara não podia ser sério.

— Bem, — pigarreou o sujeito — nós sabemos por que você veio aqui, Sr. Chico Santana. E antes de qualquer coisa, aquela não é a porta e, sim, a saída. Por isso você jamais iria conseguir entrar.

— E onde fica a entrada?

— Você não precisa saber disso.

— E do que eu preciso saber?

— Que nós precisamos de sua ajuda. Só você pode nos ajudar.

– Sério?

– Olha, tecnicamente falando, não. Nós até poderíamos usar de outros meios ou outras pessoas, mas você é a nossa primeira opção, e dentre todas é a mais lógica para resolver esse caso.

– Então... Nós estamos falando de Elis Santana, não é? – ele retirou o crachá de sua prima do bolso e o mostrou.

– Sim. E pode guardá-lo. Depois você pode devolver para ela.

– Então, explique-me. Vocês sabem onde ela está? O que esta acontecendo? Ou melhor, primeiramente: o que é o IEMI? O que vocês fazem? Por que precisam da minha ajuda? Vocês não podem resolver isso sozinhos? Não que eu não queira resgatar minha prima do sequestro. Só quero saber por que precisam da minha ajuda.

– Veja bem... eu não posso responder todas as suas perguntas. Mas, ao mesmo tempo, também não posso impedi-lo de especular sobre. O que eu posso lhe dizer é o seguinte: independente do que você pense que nós somos e fazemos, o IEMI não possuí uma força física para atuar em missões. Nós não somos um FBI, uma Scotland Yard ou uma polícia qualquer. Nós somos um instituto de inteligência. Nós temos, sim, o poder de requisitar alguma força tarefa especial, mas, nesse caso, as coisas precisam ser mantidas em sigilo. E justamente por isso concluímos que você seria a melhor opção que teríamos para resolver as coisas.

– Não sei se eu entendi muito bem, mas, então, vocês sabiam que eu viria aqui?

– Desconfiávamos, mas não tínhamos certeza a respeito do quanto você já sabia. Nossa intenção seria a de te contatar aonde quer que você estivesse. Convenientemente, você veio para cá – o sujeito passou a mão em sua testa para secar o suor.

– E o quanto você acha que eu sei?

– Baseado nas perguntas que fez, com certeza mais do que deveria. Mas isso não é um problema.

– Gostaria de saber como eu sei o que eu sei?

– Se você confessar aqui, aí realmente terá que ser preso, Chico. Além disso, o importante é que...

E antes que ele pudesse concluir, Chico o interpolou:

– Desculpa, mas todos do IEMI são obrigados a usar essas roupas pretas?

– Oh, não. Nós não usamos esse tipo de roupa, não. A ideia era apenas para que você não visse nosso traje oficial.

– Ah, entendi.

E por alguns segundos ficaram apenas se encarando sem dizer nada.

– Mas, enfim. – disse o sujeito repentinamente. – voltando ao assunto. Qual o seu conhecimento a respeito da situação, Chico Santana?

– Bem, eu sei que esse cientista chamado Leonardo criou os androides multipropósito para servirem de armas, e vocês o despediram. Agora ele está foragido. E que foram esses robôs que raptaram minha prima, e por isso eu estou aqui, porque eu quero saber aonde ela está. E achei que talvez vocês soubessem algo, já que eu descobri que minha prima tem relação com vocês.

– Muito bem... – disse o sujeito, parando para pensar um pouco.

– Hum?

– Olhe, não é apenas isso, e como você já tem essas informações iniciais, então agora precisa saber. Não havia mais ninguém que pudesse controlar os androides além de Leonardo, principalmente pelo fato de que todos os primeiros exemplares foram destruídos após a demissão dele, o que, em outras palavras, significa que ele é o único suspeito, já que só ele saberia como reconstruí-los. Todos os outros cientistas envolvidos no projeto ainda continuam trabalhando para o IEMI e devidamente bem vigiados. O segundo ponto é que Elis Santana, muito provavelmente, não foi à única sequestrada. Paranormais já vêm desaparecendo misteriosamente há pelo menos uns três meses, e existem fortes indícios de que ele seja o culpado disso também.

Interessante. Chico já tinha ouvido algo sobre esses desaparecimentos na mídia, mas nunca dera muita relevância.

– E a polícia não pode fazer nada?

– A polícia está ciente disso, mas eles foram especificamente instruídos a não se intrometerem.

– Instruídos por quem?

– Não vem ao caso.

– Eu gostaria de saber.

– Mas não vai. Enfim... agora que você está ciente de toda a situação, você, Chico Santana, aceita tomar parte nessa missão? Aceita nos ajudar e ajudar no processo da sua prima também?

– Por que vocês confiam tanto em mim? Aliás, se vocês sabiam desses desaparecimentos de paranormais, por que não puseram alguém para ir atrás deles antes? Ou será que vocês só se importam com quem é do instituto?

– Não é bem assim. Antes nós não sabíamos do paradeiro de Leonardo, diferente de agora. E nós confiamos em você porque sabemos a respeito de seus quase incalculáveis poderes, Chico.

– Espera. Não sabiam? E como descobriram o paradeiro dele então?

– Essa informação é confidencial. Sinto muito.

Chico detestava informações confidenciais.

– Certo... Uma última pergunta. Vocês estão gravando essa conversa, de algum jeito?

– Evidentemente.

– Ok. Hum... Eu aceito. E agora?

– O quê? Assim, tão rápido? Não quer mais tempo para pensar não?

– Pensar no quê?

– Não sei. Considerar... alguma coisa.

– Cara, minha prima desapareceu e aparentemente só vocês sabem aonde ela está. O que mais eu tenho para considerar?

– Bem, já que é assim, então, espere aqui e você receberá todas as informações que precisa em seu celular. E que fique avisado: as instruções irão se apagar permanentemente após lidas. Então, esperamos que você não tenha problemas com compreensão de texto e nem com memória.

Chico soltou um longo e cansado suspiro.

– Está certo. Vamos logo acabar com isso.

O sujeito balançou a cabeça positivamente, deu meia volta sem dizer mais nada e foi embora se perdendo na multidão das ruas, deixando Chico totalmente perdido e ocioso. Segundos depois, pegou seu celular na mão e ficou olhando para ele. Sua feição demonstrava ansiedade. Quanto tempo será que iria demorar até que as tais instruções lhe fossem enviadas? Sentou-se no degrau para se prevenir contra uma possível demora. Bufou de impaciência.

Passados cinco minutos, seu celular o avisou, por meio de um bip característico, que ele havia recebido uma nova mensagem. Destrambelhadamente, ele deslizou o aparelho de seu bolso para visualizá-la. Era, de fato, a tal mensagem que o sujeito de preto lhe havia dito que iriam enviar. O remetente era completamente desconhecido e, curiosamente, não era exibido o número. Na mensagem estava escrito o seguinte:

> Chico Santana, você é agora parte fundamental da missão que, como não é oficial, não será nomeada, e deve ficar avisado que seu envolvimento nela, ou conosco, é segredo de Estado. Revelar ao público os detalhes do que você irá fazer poderá acarretar consequências desagradáveis para a sua pessoa. O que nós queremos que você faça é ir até a localização que será enviada na próxima mensagem e se infiltrar no prédio abandonado. Seu objetivo é capturar Leonardo, salvar os que estiverem sendo feitos de reféns e trazê-los todos de volta para

essa instalação do IEMI na qual você se encontra, e se possível destruir todos os androides que estiverem lá. Nenhuma linha de trólebus chega naquela localização, então, a maneira mais fácil é usando um táxi, que o deixará, provavelmente, a 1km e meio do local. Estamos cientes de que com seu poder você poderia ser capaz de voar até lá, mas não queremos que você chame a atenção das pessoas. Para retornar com os reféns, nós mandaremos duas vãs, que chegarão exatamente à meia-noite. No entanto, nós queremos que você se dirija para lá imediatamente, mas não começando a invasão antes das 19h, pois há fortes indícios de que ele não esteja lá, e também não seremos capazes de mandar as vãs antes do horário já estabelecido. Portanto, mantenha-se de tocaia, escondido. Mas caso as coisas se resolvam muito antes do esperado, não permita que ninguém vá embora até que as vãs estejam no local. Isto é tudo. Boa sorte.

Ao terminar de ler a mensagem, esta automaticamente se deletou. Chico sentiu que o tom era realmente sério. Achou, contudo, um exagero a necessidade de ter que sair imediatamente, pois, de acordo com a localização que lhe fora dada, o local era no máximo hora de táxi de onde ele estava, ao passo que a operação deveria começar às 19h. Mesmo se ele fosse de trólebus, parando em todos os pontos, não levaria mais do que duas horas e alguns minutos.

Bem, ele não iria debater as ordens que lhe haviam dado, pois o que realmente importava era salvar sua prima. Novamente, o bip característico de seu celular soou. Com o aparelho já na mão, abriu a mensagem, tentou reter em sua mente o máximo que pôde a localização informada e instantes depois a mensagem se apagou.

Respirando fundo, Chico se levantou, esticou os braços e começou a olhar em volta à procura de um táxi. Seu estômago o apunhalava, mas ele poderia comer algo quando chegasse às imediações de sua missão. Tudo se resolveria agora. Ao menos era com isso que ele contava... Uma coisa, contudo, fê-lo sentir um enorme sentimento de nostalgia, que foi o detalhe de que na mensagem eles reconheciam que ele era capaz de voar. Fazia muitos anos desde que Chico havia utilizado seu poder para voar, e agora ele nem se lembrava mais de como era a sensação. E por que ele havia parado de voar mesmo? Pausou por um momento. Foi assim que, de súbito, a lembrança lhe veio à tona. Seu semblante esmoreceu. Passados uns segundos, tornou a procurar por um táxi.

CAPÍTULO #11

A missão sem nome

Dentro do táxi, Chico se dirigia para seu destino em estado de completa taciturnidade. Sentia-se injuriado com tudo que estava acontecendo, com o fato de que não podia contar para ninguém, ou que nada sabia sobre o IEMI. Não parava de pensar em como nunca havia suspeitado de que sua prima pudesse trabalhar no instituto, e que agora ela havia sido raptada.

O que lhe chamava atenção era que todos os raptos que haviam acontecido tinham sido, até então, de paranormais, e sua prima, apesar de tudo, não era uma. Então, qual seria o motivo? Bem, ela trabalhava no IEMI. Talvez o cientista estivesse querendo usá-la para aplicar alguma espécie de vingança contra o instituto. Esta hipótese fazia sentido. Ou será que, no fim das contas, era apenas uma armadilha para atrair Chico até o local e capturá-lo também? Esta hipótese também fazia sentido. Seria a confiança que o IEMI projetava nele assim tão abundante que nem havia considerado a possibilidade de ele também ser capturado? Chico não fazia a menor ideia do que pensar e, até onde ele sabia, poderiam ser todas essas razões ao mesmo tempo. Por que não?

Meia hora de viagem já havia se passado e se locomovendo a uma velocidade razoável pela via expressa, o táxi havia acabado de cruzar a delimitação entre distritos, saindo do distrito comercial e entrando no distrito habitacional, aonde ficava o destino de Chico. Coincidentemente, era o mesmo distrito no qual Ana morava. O taxista, depois de todo aquele tempo sem trocar qualquer palavra, resolveu puxar assunto:

– Mas então, amigo... é... por que você está indo pra esse lugar mesmo?

Sabendo que não podia falar sobre, e mesmo que pudesse não falaria com um estranho, Chico foi seco:

– Para fazer umas coisas.

– Ahn...

Chico virou a cabeça para a janela. Na avenida pela qual passavam, ele começou a admirar o esplendor de todos aqueles prédios e casas.

– Mas, ahn... que tipo de coisas? – disse o taxista, compelido a não se dar por vencido – Coisas da faculdade? Da escola? Visitar algum parente?

Chico respirou fundo.

– Coisas, apenas coisas.

– Certo... Ahn... e esse tempo, hein? Agradável, não é?

– Sim.

– E o Santos, hein? Começou fraquinho essa temporada, né? Ainda me lembro do tempo do Neymar... Ah... bons tempos.

– Eu não assisto futebol.

Depois que Chico deu esta resposta, o taxista resolveu se calar em definitivo, afinal, se eles não podiam falar nem de futebol, do que mais iriam conversar? Teoria quântica de campos? Acho que não.

Ao deixarem a via expressa, adentraram uma região do distrito que não parecia ser tão bem cuidada quantos as outras; as casas eram inacabadas e as ruas tinham buracos, o que não era um problema, já que o táxi era um modelo flutuante. Todavia, o local exato para o qual eles se dirigiam era bem mais à frente, na parte do distrito onde quase ninguém vivia, onde só havia uma densa concentração de mato e umas poucas precárias moradias aqui e acolá, onde o táxi não podia chegar mesmo que quisesse e pudesse. E o motivo disso, por mais lógico que viesse a ser, caso o motorista do táxi se desse ao trabalho de explicar, deixaria de ter qualquer sentido quando ele chegasse à parte que isso só acontecia por motivos burocráticos entre as companhias de táxi.

Chico ia observando pela janela, a expressão de tédio e tristeza.

Passados mais alguns minutos, o taxista parou exatamente onde o asfalto terminava e uma estrada de terra se iniciava. Não avançaria nem um metro a mais.

– Obrigado. – agradeceu Chico, pagando com seu cartão de crédito, para a surpresa do motorista, que há meses não usava sua maquininha de débito e crédito.

Ignorando completamente a partida do táxi, Chico decidiu que antes de dar continuidade à sua missão, ele primeiramente procuraria algum lugar para comer, o que ele acreditava que não seria fácil de achar na localização na qual se encontrava. Um instante de realização de sua atual situação irrompeu, silêncio. Não havia ninguém nas ruas. Ele olhou em volta com os olhos semiabertos por causa do sol forte que invadia toda aquela área e viu, como se fosse uma miragem, uma barraquinha de cachorro-quente a uns 30 metros de onde ele estava. A barraquinha ficava na calçada em frente a uma casa de dois andares, que tecnicamente só tinha um andar e meio, já que o segundo ainda estava sendo completado. Não dando a mínima para isso, Chico disparou até o seu oásis.

Quando o dono da barraquinha percebeu a sombra de Chico crescendo sobre os seus pés, imediatamente ergueu a cabeça e olhou para cima. Espantou-se por, finalmente, aparentar estar diante de um cliente e se levantou de sua cadeira de plástico.

– Bo... bo... boa tarde, senhor! – gaguejou o homem de bigode e boina. – O que vai querer?

A barraquinha era bem pequena. Devia ter menos de dois metros de largura e continha o gabinete onde ele armazenava os cachorros-quentes já feitos, uma mesa de aço por cima e tubos que sustentavam um pequeno toldo.

– Ahn... Você vende alguma outra coisa que não seja cachorro-quente?

– Na realidade sim, mas hoje só tenho cachorros-quentes mesmo.

– Ah, então, nesse caso, vou querer um cachorro-quente.

Meio minuto depois, o dono da barraquinha o entregou o lanche.

Um minuto depois, decidindo que era hora de puxar assunto com seu cliente, perguntou a Chico:

– Sabe por que eu estou vendendo cachorros-quentes, meu jovem?

Chico não se interessava, mas como estava mastigando naquele momento, e sempre achou falta de educação falar de boca cheia, ele não respondeu nada, o que, para o dono da barraquinha, soou como um pedido para que ele continuasse.

– Vou lhe dizer por quê – disse o homem – Porque eu quero terminar minha casa, que está atualmente pela metade, e como eu fui demitido do meu último emprego por ter assediado uma colega de trabalho – que, cá entre nós, pedia para ser assediada –, eu meio que acabei não conseguindo arranjar um novo emprego. – ele suspirou.

Ao acabar de engolir um pedaço de seu cachorro-quente, Chico perguntou, genuinamente interessado:

– A sua colega de trabalho realmente pedia para você assediá-la? Tipo, ela chegava em você e dizia algo do tipo: "Cara, me assedia quando eu estiver trabalhando, tá?". Ela realmente fazia esse tipo de coisa? Porque, se for isso, então é sacanagem.

– Bem, ela não era tão direta assim, sabe? – disse o vendedor. – Mas... Ahn, como eu posso dizer? Eu sentia que ela estava querendo que eu a assediasse.

– Sentia? Como? – quis saber Chico.

– Ahn... não sei bem explicar. Eu só sentia que ela estava pedindo por isso, sabe?

– Sentia?

– Sentia.

– Por quê? Como?

– Sei lá, intuição masculina, eu acho.

– Saquei. – disse Chico, concluindo mentalmente que aquele homem de fato mereceu ter sido demitido, imaginando que fosse o tipo de pessoa que nunca se daria conta do quão inapropriada fora sua conduta dentro do ambiente de trabalho.

– Mas e você? O que faz por essas bandas? – perguntou o homem.

– Vim resolver um negócio. – respondeu Chico, na metade de seu lanche.

– Hum. Parece ser algo que você não está com muita vontade de falar sobre.

Chico ignorou a constatação certeira do vendedor, e de imediato perguntou:

– Quanto é mesmo?

– São oito reais.

– Tudo isso?

– É que o negócio anda meio fraco, então tô aproveitando quando aparece algum cliente...

Perplexo pela honestidade do vendedor, Chico sacou seu cartão de crédito do bolso e pagou, para não ter mais que alongar aquele papo fiado; em seguida, pediu um palito de dentes e tornou a seguir o seu caminho enquanto se deliciava com o resto do cachorro-quente.

# # #

Em pouco mais de meia hora de caminhada, Chico, que estava com as mãos nos bolsos e com o palito ainda entre os dentes, começou a distinguir ao longe, entre toda aquela mata que se dividia em ambos os lados da estrada de terra, uma espécie de construção, que remetia a de uma fábrica antiga e abandonada. Ele não tinha muita certeza, já que a mensagem do seu celular havia se apagado e ele não se lembrava mais a exata localização, mas estava desconfiado de que era para lá que ele deveria ir. E, mesmo que não fosse, bisbilhotaria apenas para desencargo de consciência.

Instantes depois, à beira da construção, que ficava do lado esquerdo da estrada, Chico deu-se conta do tamanho do lugar. A estrutura, amarronzada de sujeira, pó e ferrugem, deveria possuir uns 40 metros de largura; e tinha dois andares, incontáveis janelas, cuja maior parte se encontrava estilhaçada e com estacas de madeira pregadas que impediam a visão do que quer que houvesse dentro, e uma porta dupla de metal.

'De seu misterioso interior parecia emanar apenas os ecos do esquecimento. Um calafrio passou pela espinha do rapaz, que antes de resolver dar um passo adiante para dentro do local, olhou à sua volta para se certificar de que não havia nada nem ninguém suspeito. Sua percepção foi assim tomada pelos sons da natureza, de pássaros, insetos e outros possíveis animais espreitando por entre a mata, porém, nada viu que se assemelhasse nem que remotamente à figura humana.

Respirou fundo, andou até à frente da porta dupla e, esquecendo-se completamente que deveria ficar de tocaia até bem mais tarde caso aquele fosse o local correto, empurrou um dos lados. Instantaneamente, sobressaltou-se diante de tudo aquilo que viu por meio de seus olhos esbugalhados. Ele não podia acreditar. Não podia ser verdade.

– Mas... o... o quê?

Em estado de choque, deu mais três incrédulos e hesitantes passos à frente e, subitamente tudo à sua volta tornou-se breu. Chico apagou.

# # #

"Mas o que significa tudo isso?".

"Bem-vindo ao meu covil, Chico Santana" – disse uma voz masculina e ardilosa.

"Quem é você?".

"Sou o criador dos robôs multipropósitos. Me chamo Leonardo. E aí, o que acha de tudo isso?".

"Você é doente".

"Errado. Nesse momento, eu sou apenas invencível".

"Invencível? Como assim? Você está dizendo que eu não posso derrotá-lo de forma alguma? É isso?".

"Bem, não é bem isso. Você até pode me derrotar, mas...".

"Então, existe uma maneira de te derrotar e acabar com tudo de uma vez?"

"Claro que existe".

"Entendo. Então, você é um cientista louco".

"Pode crer que eu sou".

"Será? Você até pode ser louco, mas jamais seria louco o suficiente de me dizer como derrotá-lo".

"O quê? Isso é um desafio?".

"Se a carapuça serviu...".

"Ah! Pois fique sabendo que tudo que você tem que fazer para acabar comigo é apertar aquele botão vermelho ali atrás de você.

"Certo".

E, sem pensar, o rapaz correu até o botão em meio aos gritos de desespero de Leonardo e encostando o dedo no botão irrompeu-se uma luz branca que tomou conta de todo o lugar.

No instante seguinte, lutando para abrir os olhos como se estivesse vivenciando um pesadelo, Chico via-se dependurado em uma parede podre, preso a algemas e correntes de aço. Seus olhos então se abriram de uma vez só. Ele suava, seu batimento cardíaco estava acelerado, os sentidos ouriçados. Estava nervoso e respirava forte, como se tivesse acabado de ser salvo de um afogamento. A cabeça estava presa por uma corrente que o impedia de virá-la para os lados. Mas, seus olhos escancarados só podiam fitar aquele androide multipropósito a menos de dois metros na sua frente, de pé, com o braço estendido em sua direção e pelado. Ou melhor, pela primeira vez ele via um androide sem a pele artificial e as roupas características, e era como estar diante de um daqueles robôs do antigo filme "Exterminador do Futuro", porém, a cabeça não era uma caveira. Chico gritou em desespero:

– O que você está fazendo?! Quem é você?! O que está acontecendo aqui?!

O grau de sanidade dele naquela situação começou a degradar-se, e mesmo que se esforçasse para olhar com seus olhos o que havia em volta, não via nada, pois havia antolhos limitando sua visão. Ao menos, percebeu a porta pela qual entrara ali alguns metros atrás do androide. O aprisionado rapaz se sentia como um cavalo.

Enraivecidamente, resolveu usar sua força física para tentar se libertar; contudo, antes que começasse a se esforçar, uma voz masculina familiar o interrompeu.

– Bem-vindo ao meu covil – disse a voz. – Apesar de que agora eu estou começando a pensar... ninguém usa essa palavra hoje em dia, não é? Hum... na realidade, eu só a usei porque Chico me remete a Buarque, e ele tem aquela música lá, "Tango do Covil", sabe? Aí, sei lá. Achei que seria legal.

E ao lado do androide multipropósito, um homem vestindo um jaleco preto por cima de roupas brancas apareceu diante da visão limitada de Chico. Ele não era muito alto, devia ter por volta de 1,60 m. Era branco, careca, faltava-lhe uma das sobrancelhas, parecia estar levemente acima do peso, possuía algumas rugas na face e deveria ter por volta de seus 40 anos.

– Você... – disse Chico.

– Sim, eu. – respondeu o homem, que estava olhando para baixo, com a mão no queixo.

– Você é igual ao cara do sonho que eu acabei de ter.

– Sim, Chico Santana. – disse o homem, levantando o rosto e olhando para ele. – Eu sou ele, o Leonardo, o criador desses maravilhosos e inacreditáveis androides. Surpreso?

– O quê? Então, espera aí... O que você quer comigo? Como sabe meu nome?

– Vamos começar do começo. – disse Leonardo, começando a andar para a esquerda e saindo da visão de Chico.

– Você, Chico, destruiu cinco dos meus preciosos androides, o que pode ser visto como ato criminoso de dano à propriedade privada, já que eles são meus. Eu poderia processá-lo, sabia? E, bem, como eu sei seu nome? Não foi você mesmo quem o revelou a um de meus androides? – ele riu, maliciosamente – E, obviamente, que essa informação ficou no banco de dados, o que me foi bem útil, para ser sincero. Fico agradecido.

– O quê?! – exclamou Chico, interpolando-o. – Droga... Então era isso mesmo... Mas ei, você é suspeito de ter sequestrado paranormais nos últimos meses, e ainda sequestrou minha prima. Sem contar que foi demitido do IEMI por ser louco e criar essas máquinas de destruição. Acha mesmo que tem moral para falar de mim?

– Louco? Ah... faça-me o favor, Chico. Isso não é mais um sonho. Eu não sou louco, eu sou genial. E os gênios são sempre mal compreendidos pela sociedade. Sempre foi assim. E moral é algo tão relativo. Sem contar que você pode provar que fui eu quem sequestrou esses paranormais e a sua querida priminha?

Chico não respondeu.

– Claro que não pode, afinal, você nem pode sair daí para ir procurá-los e certificar-se de que estão mesmo aqui, não é? – ele começou a rir.

— Mas, afinal de contas, — disse Chico — o que você quer? Qual o seu objetivo?

— O meu objetivo? Ah, você acha mesmo que eu vou sair lhe contando o meu plano assim, de bandeja?

— Mas em quadrinhos e filmes os vilões sempre contam seus planos para seus prisioneiros, ué...

— Correto. No entanto, eu não sou um vilão. — rebateu Leonardo. — Eu sou apenas um cientista que quer fazer alguns experimentos em nome da ciência.

— Em nome da ciência? — repetiu Chico, revoltando-se.

— Exato. Por exemplo, e isso eu posso lhe dizer: lembra-se do sonho que você acabou de ter comigo, em que você apertava um botão e simploriamente acabava com tudo?

Chico o ouvia estonteado.

— Sim, este sonho fui eu quem implantou em você, enquanto você permanecia inconsciente.

— Você implantou um sonho em mim? Como?

— Com meus androides.

— Eles podem fazer isso?

— Corrigindo: eles aprenderam a fazer isso.

— Aprenderam como?

— Ah, falei demais. Enfim, definitivamente, não importa.

Chico não estava compreendendo.

— Mas se você quer saber um dos motivos para eu mantê-lo aí preso, — disse o cientista — é justamente por isso. Eu quero que você seja minha cobaia.

— Você quer testar o que seus androides podem fazer comigo?

— Precisamente.

Chico ficou em silêncio por alguns segundos, apenas ouvindo os passos de Leonardo ecoarem pelo lugar. Ele não sabia o que pensar.

— Ei! Espera um momento! — disse de repente assustando-se. — Por quanto tempo eu fiquei inconsciente?

– Ah... Acho que umas sete horas. – respondeu Leonardo, sem dar muita importância.

– Como isso foi acontecer?! – exclamou o rapaz aprisionado. – Que horas são, meu Deus do céu?!

– Eu não sou seu Deus do céu, mas é por volta de umas 9h e pouquinho. E isso aconteceu porque você foi incauto ao entrar aqui. E como eu sempre deixo um androide de tocaia na porta, ao vê-lo entrar ele deu uma pancada em sua cabeça, deixando-o inconsciente. Simples.

Não podia ser verdade. Chico não queria crer que havia passado sete horas completamente desacordado. Como ele pôde ser tão desleixado? O que foi que tirou sua concentração e baixou sua guarda? Por que ele não conseguia se lembrar? Sua cabeça começou a latejar mediante sua tentativa de forçar a memória.

– Não force a si mesmo, garoto. – disse Leonardo, os passos ecoando indicando estar se aproximando. – Eu apaguei as memórias do que você viu ao entrar aqui. E não se preocupe. Você nem precisará mais de qualquer memória mesmo.

– Ahn? Como assim? – arguiu Chico.

– Bem, se você conseguir resistir aos próximos testes aos quais irei submetê-lo, é muito provável que você não vá querer se lembrar de nada, obviamente.

Nesse instante, Chico fechou olhos e um estranho sorriso começou a se abrir em seu rosto.

– Mas sabe, – disse o cientista novamente, aparecendo no campo de visão de seu prisioneiro – para você ter conseguido destruir meus androides, isso deve no mínimo significar que você é bastante poderoso. Presumo que você seja um paranormal classe C prestes a se tornar um classe B, não estou correto? Bem, não importa o quão forte você seja. Depois dessas últimas sete horas sem comer, dependurado aí, eu acho pouco provável você ter força física suficiente para se livrar de suas amarras. Afinal de contas, você é apenas um rapaz magricelo. Não é mesmo?

Nesse momento, como se tivesse desatinado, Chico viu-se gargalhando em alto e bom tom, para o espanto e confusão do cientista.

– Ahn? Do que você está rindo, seu moleque?

– Da sua cara. – respondeu Chico, em meio às risadas.

– Da minha cara? Escuta aqui, ô rapaz, você também não é nenhuma visão de beleza.

– Não, não... – disse Chico, contendo sua risada por fim. – Eu estou imaginando sua cara quando você perceber que eu não dependo da minha força física.

– Ahn?

Segundos depois, a atmosfera do lugar começou a mudar. Redemoinhos com a espessura de filetes surgiram por entre as frestas das janelas e, como se fossem furadeiras, acertaram as correntes e as arrebentaram. Logo após, foram circundando o corpo do rapaz, unindo-se e ficando mais grossas.

– O que está acontecendo?! – gritou Leonardo.

E antes que qualquer palavra mais pudesse ser proferida, um furioso redemoinho havia se formado ao redor de Chico, destruindo o teto junto com a parede atrás. Todos os escombros foram alçados pelo redemoinho em direção à densa e escura mata ao longe. Os ventos, então, desfizeram-se.

Aterrissando suavemente no chão, Chico se livrou do antolho e começou a olhar à sua volta. Androides e mais androides se aproximavam dele cercando-o. No entanto, isto não foi a única coisa que ele viu. Além de observar o quão decrépito era aquele lugar, recheado de caixas velhas e máquinas que ele não reconhecia a serventia, todas empoeiradas e tomadas por teias de aranha, bem no canto do lado direito da fábrica, a uns 20 metros, reconheceu um amontoado de pessoas todas amarradas, com esparadrapos na boca e aparentemente inconscientes. E entre elas, viu a sua prima.

– Então... Você, de fato, havia sequestrado essas pessoas, não é? – comentou.

– O... o... quê? O... o que é você? – disse o cientista, engasgando nas palavras.

– Eu? Ah sim, você estava errado. Sabe, eu não precisava ter destruído essa parte da fábrica, mas era só para lhe mostrar que eu não sou um paranormal classe C quase B, como você pensou, e sim um A.

– Mas isso não é possível! – gritou Leonardo em estado de completo desespero.

– Claro que é.

Grasnando zangado como se fosse um cão raivoso, o cientista repentinamente viu seu humor se transformar e, como se tivesse acabado de perder um parafuso de sanidade, entregou:

– Sim! Sim! Já que chegamos a esse ponto, parece que eu me tornei mesmo o vilão, não é? Vou lhe contar, então.

Chico franziu a testa e começou a prestar atenção.

– O caso dos paranormais desaparecidos foi minha culpa mesmo. Eu ordenei a meus androides que sequestrassem paranormais para eu poder extrair o poder deles, adicionando as habilidades às minhas próprias criações, tornando-os cada vez mais eficazes e... multipropósito. Não é esplêndido? Não é genial? E adivinha só. Eu acabei de ter outra ideia. Você! Sim, você mesmo! Eu irei capturá-lo e extrair todo o seu poder. O que acha? Igualmente genial, não? Ninguém poderá me deter depois disso.

– Ok, mas então por que você capturou a minha prima?

– Ahn? Ah sim, a famosa Elis Santana! Bem, perdoe-me rapaz, mas isso é assunto pessoal. O melhor seria perguntar a ela, mas como você não vai viver para ter essa oportunidade, só posso sentir muito...

Chico suspirou.

– Olha, seu plano é muito bom na teoria, mas na prática...

– O quê? – riu-se Leonardo. – Você pode ser um paranormal classe A, mas se ainda não teve tempo para contar, são 25 androides cercando você. Não tem como você sair daqui vivo, garoto.

— Será mesmo?

— Com absoluta certeza.

Chico, então, estalou os dedos das mãos e abriu um sorriso de canto de rosto.

— Ah! Antes de começarmos... — disse. — Você poderia me responder uma outra pergunta simples?

— Como você vai morrer mesmo, qual a diferença?

— Certo... Ahn... qual era, afinal de contas, a senha que eles sempre pediam?

— Ah, sim. Era para responder 301 depois da sequência que eles falavam.

— Mas o quê? — estranhou Chico. — Mas isso não faz sentido. Aquela sequência de números era claramente uma progressão, não era? E se eu não me engano, na qual você sempre aumentava mais sete no número seguinte.

— Nem... — respondeu o cientista com desdém. — Na realidade, eu só tinha escolhido números aleatórios mesmo, mas se acabaram formando uma progressão foi coincidência, pra falar a verdade.

Chico quase caiu para trás descrente do que havia acabado de ouvir.

— Bem, se nossa conversinha fiada já acabou, espero que já tenha feito suas últimas preces, pois este lugar será o seu fim, Chico Santana. — sentenciou o cientista, correndo para o lado esquerdo da fábrica para se proteger.

Serenamente, e com total confiança em suas habilidades, o rapaz disse aos androides:

— Podem vir com tudo.

Na cena seguinte, todos os 25 androides rodeando Chico, pareciam estar cada um preparando um ataque diferente. Dentre os que pareciam estar se preparando para atirar aqueles raios brancos que ele sabia que eram extremamente perigosos, havia os que se preparavam para utilizar alguma habilidade relacionada a um dos elementos da natureza, como fogo, água, terra, vento e eletricidade, até porque habilidades como a manipulação de sonhos não seriam muito úteis naquele momento.

Entretanto, nos poucos milésimos de segundo antes que Chico fosse transformado em um conjunto irreconhecível de restos paranormais, ele já havia resolvido que pela primeira vez em muito tempo, utilizaria uma parcela maior de todo o seu poder, pois lidar com aquela quantidade de inimigos individualmente não seria possível, fazendo-o concluir que a única forma seria combater todos ao mesmo tempo.

No instante em que todos os androides lançaram seus ataques contra Chico, centímetros antes de o atingirem, eles foram todos barrados e absorvidos por um furioso, irremediável e imperdoável redemoinho, que eclodiu como um gêiser ao redor do rapaz, tão rápido quanto um piscar de olhos.

A erupção de ventania era peculiar, pois por mais veloz que o vento estivesse girando ao redor dele, não atraía o que estivesse nas imediações para dentro, apenas o que o tocasse, e justamente por isso, o tal redemoinho exibia uma coloração misturada de todos os ataques que havia incorporado e uma textura selvagem e disforme. Era como um jorramento fino de elementos que ficava restrita à pequena área que Chico ocupava. Era lindo de ser ver e, ao mesmo tempo, mortal.

O som quase ensurdecedor que o redemoinho energético-elemental emitia acabou acordando os prisioneiros, entre eles, Elis, que ao se deparar com aquela cena de ficção científica, automaticamente deduziu que aquele invólucro de vento tempestuoso só podia estar girando a uma velocidade alcançando o F4. Era inacreditável.

– Não! O que você vai fazer?! Que porra é essa?! – gritou o cientista em estado catatônico. – Para com isso!

E então, Chico ergueu seu braço para o alto e fez com que toda aquela convulsão de poderes fosse escalando seu corpo, até o foco de origem se concentrar em seu braço, tal qual uma descomunal espada. Os androides tentaram aproveitar a oportunidade em que viram o corpo de Chico quase inteiro descoberto do vento, e o atacaram novamente. Todavia, como acontecera antes, os ataques foram radicalmente desviados para dentro do redemoinho-espada no braço de Chico, tornando-o ainda mais inchado e ameaçador.

Percebendo que esse era o momento certo, sem ver necessidade de considerar mais qualquer coisa, Chico resolveu desferir o golpe derradeiro, fazendo sua arma de vento e poderes cair para frente e por cima dos androides que se encontravam no caminho, criando uma explosão controlada de energia, que se dissipou dez metros para os lados, dez metros para cima e se estendeu vinte metros para frente, até cortar a estrada de terra.

O resultado disso foram todos os androides esmagados e destroçados como se fossem palitos de dente quebrados; sem contar que Chico havia levado metade de toda a estrutura do prédio junto. A escuridão da noite só não tomou conta de tudo após essa demonstração de poder que cortou toda a energia do lugar, porque no rastro de destruição pequenos focos de chamas haviam sido criados, iluminando os arredores. Este era o fim.

– Não! Seu insano! Maldito, filho de uma puta! – desesperou-se ensandecidamente o cientista Leonardo, enquanto olhava completamente apavorado para Chico. – Você acabou com tudo, com tudo! O que você fez? Seu... energúmeno.

– Oras, por favor. Eu não posso fazer nada se seus robôs eram tão pangarés. Sinto muito – disse Chico virando-se para o cientista. – E outra coisa. Agora que eu acabei com os seus brinquedos, será que você poderia me dizer por que raptou minha prima?

Encolerizando-se ainda mais, o cientista ralhou:

– Pergunte para ela você mesmo, seu otário! – e começou pateticamente a rastejar em direção aos restos de seus androides.

Chico virou-se para o outro lado e surpreendeu-se ao ver que todos os reféns estavam acordados e olhando para ele boquiabertos e extasiados, deixando-o levemente encabulado.

# # #

Ainda iria dar 22h, ao passo que as vãs só iriam chegar ao local à meia-noite. Tendo libertado os reféns e lhes explicado que o resgate só chegaria dali a duas horas, Chico resolveu que queria, enfim, entender qual era a relação de sua prima com tudo o que havia acontecido. Ele se aproximou dela.

– Aqui. É seu. – disse-lhe devolvendo o crachá.

– Ah... obrigada. – respondeu ela, pegando o artefato e enfiando no bolso.

– Prima, por favor, eu queria que você fosse sincera comigo ao menos uma vez. Pode ser?

Elis soltou um suspiro enquanto observava o céu estrelado.

– Ok. Pode perguntar.

– Toda aquela história que você me contou lá no começo, quando eu ti fiz várias perguntas ao chegar ao seu apartamento, e você disse que iria mentir para mim se fosse necessário... Primeiro: era tudo verdade, mesmo? Segundo: por que você disse que mentiria para mim?

Elis fiou alguns segundos em silêncio.

– Quase tudo era verdade, primo. – disse ela por fim. – Só o que eu menti foi na parte deu ter descoberto sem querer que você vinha para cá. Na realidade, eu já sabia, sim, e não só que você vinha, também sabia outras coisas... Mas o restante foi pura verdade. Eu realmente fiquei feliz de saber que eu veria alguém da minha família novamente. Feliz ao ponto de até esquecer de informar o endereço de onde eu morava – ela deu uma risadinha – mas, enfim, eu sabia disso porque havia sido informada pelo IEMI.

– O IEMI sabia da minha transferência?

– Chico, eles sabem mais do que você e eu podemos imaginar. E, bem... Eles ordenaram que eu o acolhesse e coletasse informações sempre que necessário. E bem, era para ser secreto... Só que o peso na minha consciência era muito grande, eu não consigo ser capaz de esconder tudo assim; por isso, eu havia resolvido lhe confessar que você não deveria acreditar em tudo que eu dissesse, entende? Eu realmente estava odiando fazer aquilo, primo. Senti-me ainda pior por ter que agir de maneira cínica.

Chico estava abismado.

– Mas que tipo de informações você coletava?

– Ah... Relatórios comportamentais. Como você estava se sentindo, o que tinha feito ou deixado de fazer, o que você comia, com quem se relacionava... Mas, honestamente, eu acabei sabotando aquelas ordens.

– É, pensando bem, você passava a maior parte do tempo no quarto e raramente a gente conversava. – reconheceu Chico – Ainda mais quando eu comecei a namorar.

– Eu não tinha toda essa cara de pau para ir atrás de você e ficar inspecionando-o como uma cobaia, primo. E eu posso garantir. As poucas vezes que a gente conversou, foram momentos sinceros. Pra falar a verdade mesmo, todos os relatórios que eu enviei foram com descrições totalmente genéricas, que nada poderiam acrescentar ao que eles sabiam.

– Entendo. Eu agradeço por isso, prima.

Ela ficou quieta.

Chico tornou a perguntar:

– Mas, então, aquela história de trabalhar em supermercado era mentira, não é?

– Exato.
– Então você trabalha no IEMI?
– Sim, há muitos anos.
– E o que você faz lá?
– Sou pesquisadora, cientista e ajudo a desenvolver experimentos científicos.
– Como esse dos androides?
– Não necessariamente do mesmo tipo, mas sim.
– Você teve participação na criação deles?
– Olha, Chico. O idealizador do projeto foi o Leonardo, mas eu trabalhei na equipe dele, sim, se essa for a dúvida.
– Mas, então, o que aconteceu?
– Você já sabe. O projeto, que inicialmente deveria ter tido um rumo bem mais pacífico, acabou sendo orientado a se tornar o que acabou se tornando e que hoje você maravilhosamente deu fim.
– Entendi. Mas, então, por que ele te raptou?
Elis suspirou mais uma vez e fez uma pausa para pensar.
– Ele gostava de mim, Chico. Ele dizia que queria se casar comigo, que me amava. Só que eu não gostava dele, apenas como amigo, e olhe lá. Só que aí, no dia em que todos resolveram denunciar a maneira como o projeto estava sendo conduzido, ele acreditou piamente que eu o apoiaria e não o denunciaria, que eu ficaria do lado dele. Só que em nome do que eu achava certo, eu não fiquei do lado. E por causa disso ele ficou completamente arrasado, sem chão. Disse que eu havia traído a confiança dele e que um dia eu iria pagar por ter brincado com os sentimentos dele. É claro que eu não levei a sério, e aí ele sumiu do mapa. Ninguém mais sabia aonde ele estava.
– Eu não consigo acreditar nisso! – comentou Chico, virando-se para Leonardo, que estava amarrado e sendo vigiado pelos outros reféns. – Aquele esquisitão gostava de você? Isso parece brincadeira!

– Eu também achei, mas ele mesmo me disse quando eu fui trazida aqui, hoje, pelo começo da tarde, que não via a hora de completar a vingança dele contra mim.

– Que cara louco...

– É, foi um caso mal resolvido mesmo. Mas sabe o que é estranho?

– O quê?

– Eu tenho certeza que ele não sabia aonde eu morava. Aliás, pessoas que trabalham para IEMI têm os seus endereços completamente ocultados das listas telefônicas ou qualquer outro lugar. Não entendo como ele me descobriu...

– Ah... acho que isso é minha culpa.

– O quê? Como assim?

– É porque, da primeira vez que eu enfrentei um androide, foi no terreno baldio atrás do seu apartamento, e... bem, eu acabei sem querer revelando meu nome completo para ele, porque eu não fazia a menor a ideia de que era um androide. Achei que fosse só uma pessoa perdida ali, sabe? Aí, talvez, como a informação foi registrada pelo robô, ele tenha chegado à conclusão de que você deveria morar naquele prédio ou nos arredores.

– Entendi. – respondeu Elis. – Faz sentido mesmo.

– Não esta com raiva do meu descuido?

– Não tenho esse direito, primo. Eu menti demais para você. Não sou uma prima muito honesta.

– É, sou obrigado a concordar com isso. – disse Chico, calando-se em seguida.

Segundos depois, voltou a falar:

– Sabe... No começo eu pensava que morar com você era a melhor coisa do mundo, mas agora acho que eu vou ter que arranjar outro lugar para morar.

– Não posso te impedir. Você tem todo direito. Eu só quero que você saiba que, qualquer coisa, pode contar comigo, viu? Ainda sou sua prima, apesar de tudo.

– Bem... Obrigado.

– Ah, mas, por favor, não avise nada do que aconteceu para os seus pais, ok? Minha imagem de ovelha negra da família só ficaria ainda mais podre.

– Não se preocupe. Eles não vão saber de nada.

O diálogo entre eles assim cessou. Como ainda, havia quase duas horas até as vãs chegarem, Chico se afastou dela e foi ficar de olho em Leonardo, que ainda chorava pela morte de seus "bebês". Sentando-se a uns metros de onde os reféns estavam, penetrou em um estado meditativo. O que mais ele poderia fazer de qualquer forma?

# # #

Quando as vãs finalmente apareceram, todos celebraram. Os homens vestidos de preto desceram e foram guiando todos para dentro dos veículos, que não eram flutuantes e tinham uma aparência bem retrógrada, remetendo a veículos do século passado. Elis e alguns outros ficaram na vã da frente; Chico e Leonardo iriam com os demais, na detrás, contudo, antes de entrar, uma menina que vestia um macacão roxo, cujo cabelo também era curiosamente roxo, veio falar com ele, um tanto acanhada.

– Oi... – ela disse.

– Oi. – disse Chico, virando-se para ela.

– Sabe, – ela começou a dizer – já faz muitos dias que eu estou aqui de refém e... bem.... toda noite, pra conseguir me acalmar, eu me induzia a sonhar com alguém vindo me salvar e... bem, hoje... É engraçado dizer, mas o sonho se tornou realidade. Eu fiquei tão feliz! E eu nem sei como te agradecer... Posso te dar um abraço?

Não sabendo muito bem o que dizer, Chico resolveu conceder o abraço à menina, que parecia ter em torno de seus 16 anos.

Quando se desabraçaram, Chico notou algo.

— Espera! Então o seu poder é o de manipular os sonhos*?
— Sim, isso mesmo. — ela sorriu, e antes de dar qualquer oportunidade para Chico comentar algo mais, seguiu para a outra vã.

---

* A manipulação de sonhos é, na realidade, apenas uma versão mais avançada e precisa do sonho lúcido em si, principalmente quando se leva em consideração a possibilidade de afetar o sonho de outrem.

Epílogo

Aquela quinta-feira iniciou-se com certo ar de letargia. Lá fora os passarinhos cantavam harmoniosamente, mesmo em meio ao céu cinzento e a chuva fina que caía. Vendo-se deitado ainda no sofá da sala do apartamento de sua prima, pela última vez, se dependesse de sua vontade, Chico não conseguia se esquecer dos eventos que tinham se sucedido na noite anterior. A começar pelo fato de que quando finalmente haviam chegado ao IEMI, ele viu todos, com exceção de Elis, Leonardo e ele mesmo, serem instruídos a irem até um local da instituição para terem suas memórias apagadas e desmaiarem sem qualquer chance de lutarem contra.

Outra coisa que tirava o sono de Chico mais do que deveria era que, de acordo com o IEMI, Leonardo vinha sendo financiado pelo P.C.P, o que explicava aonde ele havia conseguido o dinheiro para voltar a produzir suas máquinas. Em contrapartida, isto significava que Chico talvez pudesse acabar, futuramente, virando alvo dessa organização, caso eles descobrissem que foi ele quem destruíra os androides. Mas ele não podia fazer nada a respeito. O melhor mesmo era achar aonde morar, pois, além de não haver mais clima para viver com sua prima, já era uma maneira de despistar quem viesse atrás dele.

Ninguém, além de umas poucas pessoas, sabia sobre tudo o que ele havia passado naquela madrugada e, mesmo assim, ele teria que ir para faculdade, debaixo daquela garoa, obstinado a não revelar para ninguém o que se sucedera, por maior que fosse este o seu ímpeto.

Sentando-se no sofá, olhou pela janela fechada e viu nos pingos que escorriam a solidão tentando invadir a sua vida mais uma vez. Levantou-se desprovido de qualquer coragem e ânimo, contornou a porta que continuava no chão e foi tomar o seu banho.

Minutos depois, acabando de sair do prédio, uma voz feminina o chamou:

– Ei, você!

Chico se virou. A figura de cabelo encaracolado marrom, que tinha uma franja tapando o lado direito do rosto, fazendo uso de seu guarda-chuva verde, era deveras familiar.

– Sim? – disse Chico, que ao contrário dela, não se importava em se molhar.

– Se liga! Cê tem bala? – ela perguntou.

– Bala? Pera aí... você não é a...

– Sim, bala.

– Mas a essa hora da manhã?

– É que eu não escovei os dentes antes de sair de casa. Acho que estou com bafo.

– Ah...

Chico não tinha nenhuma bala.

Saiba mais, dê sua opinião:

Conheça - www.talentosdaliteratura.com.br
Leia - www.novoseculo.com.br/blog

Curta - /TalentosLiteraturaBrasileira

Siga - @talentoslitbr

Assista - /EditoraNovoSeculo

novo século®